KB123581

요해단충록 6

遼海丹忠錄 卷六

《型世言》의 저자 陸人龍이 지은 時事小說, 청나라의 禁書

요해단충록 6

遼海丹忠錄 卷六

육인룡 원저 · 신해진 역주

보고사
BOGOSA

머리말

이 책은《형세언(型世言)》의 저자로 알려진 육인룡(陸人龍)이 지은 시사소설(時事小說)〈요해단충록(遼海丹忠錄)〉을 처음으로 역주한 것이다. 청(淸)나라 건륭제(乾隆帝) 때 나온〈금서총목(禁書總目)〉에 오른 작품으로서 8권 40회 백화소설이다. 중국과 한국에는 전하지 않고 일본 내각문고에 전하는 것을 1989년 중국 묘장(苗壯) 교수가 발굴하여 교점본을 발간함으로써 학계에 알려졌는바, 그가 소개한 글의 일부를 인용한다.

〈요해단충록〉은 정식 명칭으로〈신전출상통속연의요해단충록(新鐫出像通俗演義遼海丹忠錄)〉이고 8권 40회이다. 표제에는 '평원 고분생 희필(平原孤憤生戲筆)'과 '철애 열장인 우평(鐵崖熱腸人偶評)'이라고 기록되어 있다. 첫머리에 있는 서문에는 '숭정 연간의 단오절에 취오각 주인이 쓰다.'라고 쓰여 있다. 오늘날까지 명나라 숭정 연간의 취오각 간본은 남아있다. 이 책의 작자인 고분생에 관하여 '열장인'과 관련된 동일인임이 명확한데, 곧 육운룡(陸雲龍)의 동생이다. 청나라 건륭 연간에 귀안 요씨가 간행한《금서총목(禁書總目)》에〈요해단충록〉이 수록되어 있는데, 육운룡의 작품이라고 덧붙여 놓았다. 운룡은 취오각의 주인으로 자는 우후(雨侯)이고 명나라 말기의 절강성 전당 사람인데, 일찍이〈위충현소설척간서(魏忠賢小說斥奸書)〉라는 소설을 지었다. 그렇지만 그 책의 서문에 '이는 내 동생의〈단충록〉에서 말미암은 기록이다.'고 분명하게 말한 것은 작자가 운룡이 아니고 그의 동생임을 나타내지만, 이름은 자세히 밝히지 않았다. 그가 지은 소설 작품들을 통해 보건대, 그의 동생은 나라의 정치에 관심이 있어서 때때로 '자기

혼자서 세상에 대해 분개하는' '뜨거운 가슴을 지닌 사람'이라 하겠다. 책에
는 간행한 년월 날짜가 없지만, 서문 말미에 기록된 '숭정 연간 단오절'은
혹시 경오(숭정 3년, 1630)의 잘못일 수도 있고, 아니면 경오년 단오일 수도
있다. 책의 서사가 원숭환이 체포되는 것에서 그쳤는데 그 사건은 3년 3월에
있었던 것이나, 원숭환이 그해 8월에 피살된 것은 언급하지 않고 있으므로
숭정 15년의 임오(1642)일 리가 없기 때문이다.(描壯, 「前言」, 《遼海丹忠錄》
上, 『古本小說集成』 72, 上海古籍出版社, 1990, 1면.)

위의 글은 〈요해단충록〉의 서지상태를 비롯해 작자 및 창작연대를
알려주고 있다. 곧 육인룡이 1630년에 지은 것이라 한다.

이 소설은 1589년부터 1630년 봄에 이르기까지 후금(後金)의 흥기
(興起)를 다루면서 사르후 전투, 광녕(廣寧)의 함락, 영원(寧遠)과 금주
(錦州)의 전투 등 중대한 전쟁을 서술하여 당시 요동의 명나라 군인과
백성들이 피투성이 된 채로 후금군과 분전하는 장면을 재현했을 뿐만
아니라 명나라 말기 군정(軍政)의 부패, 명청 교체기의 변화무쌍한 세
태를 반영하였다. 무엇보다도 가장 중요하게 다룬 것은 모문룡(毛文龍)
의 일생이다. 모문룡은 나라가 위태로운 난리를 당했을 때 황명을 받
들고 후금에게 함락되어 잃은 땅을 수복하고자 하였다. 해상을 경영
하여 후금의 군대를 공격해 견제할 수 있는 중요한 무력의 발판을 마
련했지만, 나중에 원숭환(袁崇煥)에게 유인되어 피살되었다. 이러한
모문룡의 공과에 대해서 명나라 말기부터 시비가 일어 결말이 나지
않고 분분하였는데, 그의 오명을 벗기기 위해 이 소설이 지어졌다고
한다.

한편, 양승민은 그 실상이 알려지지 않은 이 소설을 소개하고자 쓴
글(「〈요해단충록〉을 통해 본 명청교체기의 중국과 조선」, 『고전과 해석』 2, 고
전문학한문학연구학회, 2007)에서 모문룡의 조선 피도(皮島: 椵島) 주둔

당시 정황, 모문룡과 후금의 대결 국면, 조선과 후금의 관계, 모문룡
및 명나라 조정과 조선의 관계, 인조반정으로 대표되는 조선국 정세,
정묘호란 당시의 정황 등이 대거 서술되어 있어 한국의 연구자들이
논의할 필요가 있는 작품이라고 지적한 바 있다. 물론 이 소설은 기본
적으로 주인공 모문룡을 미화하고 영웅화하면서 그의 공적을 찬양하
여 억울한 죽음을 변호하고자 하는 작가의식을 보여준 것으로, 영웅
을 죽인 부패한 명나라 조정을 비판하면서도 강한 반청의식을 드러낸
작품이라는 전제하에 지적한 것이다.

그렇지만 〈요해단충록〉은 8권 40회라는 대작인데다 백화문과 고문
이 뒤섞여 있는 등 쉬 접근하기가 어렵다. 후금과 관련된 인명, 지명,
칭호 등이 음차(音借)되어 있어 더욱 그러하다. 그래서인지 몰라도 소
개한 지가 10여 년이 지났지만 이 소설에 대하여 아직까지 제대로 된
논문이 나오지 않고 있는 실정이다. 이에 정밀한 주석을 붙이면서 정
확한 번역을 한 역주서가 필요한 것임을 절감한다.

이제, 8권 가운데 그 여섯째 권을 상재하는바 나름대로 최선을 다하
고자 했지만, 여전히 부족할 터이라 대방가의 질정을 청한다. 다만,
〈요해단충록〉에 대한 정치한 작품론이 치열하게 전개되는 데 이바지
하기를 바랄 뿐이다.

끝으로 편집을 맡아 수고해 주신 보고사 가족들의 노고와 따뜻한
마음에 심심한 고마움을 표한다.

2019년 7월 빛고을 용봉골에서
무등산을 바라보며 신해진

차례

▌일러두기

이 책은 다음과 같은 요령으로 엮었다.

1. 번역은 직역을 원칙으로 하되, 가급적 원전의 뜻을 해치지 않는 범위 내에서 호흡을 간결하게 하고, 더러는 의역을 통해 자연스럽게 풀고자 했다.

2. 원문은 저본을 충실히 옮기는 것을 위주로 하였으나, 활자로 옮길 수 없는 古體字는 今體字로 바꾸었다.

3. 원문표기는 띄어쓰기를 하고 句讀를 달되, 그 구두에는 쉼표(,), 마침표(.), 느낌표(!), 의문표(?), 홑따옴표(' '), 겹따옴표(" "), 가운데점(·) 등을 사용했다.

4. 주석은 원문에 번호를 붙이고 하단에 각주함을 원칙으로 했다. 독자들이 사전을 찾지 않고도 읽을 수 있도록 비교적 상세한 註를 달았다. 단, 원저자의 주석은 번역문에 '협주'라고 명기하여 구별하도록 하였다.

5. 주석 작업을 하면서 많은 문헌과 자료들을 참고하였으나 지면관계상 일일이 밝히지 않음을 양해바라며, 관계된 기관과 여러분들께 진심으로 감사드린다.

6. 이 책에 사용한 주요 부호는 다음과 같다.
   1) ( ) : 同音同義 한자를 표기함.
   2) [ ] : 異音同義, 出典, 교정 등을 표기함.
   3) " " : 직접적인 대화를 나타냄.
   4) ' ' : 간단한 인용이나 재인용, 강조나 간접화법을 나타냄.
   5) 〈 〉 : 편명, 작품명, 누락 부분의 보충 등을 나타냄.
   6) 「 」 : 시, 제문, 서간, 관문, 논문명 등을 나타냄.
   7) 《 》 : 문집, 작품집 등을 나타냄.
   8) 『 』 : 단행본, 논문집 등을 나타냄.

역문

요해단충록 6

遼海丹忠錄　卷六

제26회

중관 세워 주국창과 장반은 목숨 바쳐 절개 지키고,
돌아가려는 오랑캐 막고 임무춘은 공을 세우다.

建重關朱張死節, 遏歸虜茂春立功.

웅대한 포부로 원대한 계책을 마음에 새기고 | 雄心志遠圖
요새 구축해 날뛰는 오랑캐 길목 지키려 하네. | 設險扼狂胡
삼태기 삽 들고도 수고로움조차 모르다가 | 畚鍤忘勞止
야경까지 돌려니 아픔이 살점을 도려내네. | 干振痛切膚

충신이라는 명성이 온 천하에 전해지고 | 忠名垂宇宙
뜨거운 피는 잡초 우거진 들판에 뿌려졌네. | 熱血灑平蕪
절개 지키다 죽은 장순과 허원이 그립고 | 死節思張許
그대들과 매우 다를 것이 없음을 알겠네. | 知君甚不殊

　사람이 이 세상에 태어나서 죽는 것은 돌아가는 것이요 사는 것은
잠시 머무는 것이니, 어찌 한번 죽는 것을 면할 수 있으랴? 다만 나라
를 위해 죽고자 분골쇄신한 뒤에야 이름이 보존되어 몸은 가더라도
이름은 남을 것이니, 이렇게 죽는 것도 헛되지 않을 것이다. 그래서
이른바 '사람이 태어나 예로부터 죽지 않는 자가 누구인가? 단심(丹心:
군주와 국가에 대한 충절)을 남겨 역사를 비추리라.'고 한 것이리라. 도사
(都司) 장반(張盤)이 여순(旅順)에 군대를 주둔하여 동쪽으로 피도(皮
島)·철산(鐵山)을 이었고, 남쪽으로 천진(天津)과 접하고, 남쪽으로 또
등래(登萊)와 통해 있으며, 장행도(長行島)·삼산도(三山島)로써 돕도록

하니 흡사 요충지와 같았다. 게다가 장반(張盤)이 담력도 지니고 지혜도 지녔기 때문에 오늘은 금주(金州)를 회복하고 내일은 복주(復州)를 회복하며 달자(韃子) 오랑캐가 침략해오면 다시 패배시켜 쫓아버렸는데, 모두 적은 숫자로 많은 무리를 대적한 것이었다. 장반(張盤)이 생각했다.

'이번은 요행으로 이긴 것이지 항상 이기는 전략으로 이긴 것이 아니었다. 그러니 가는 곳마다 싸우거나 지켜야 할 상황을 만들어야 할 것이다.'

여순(旅順)의 지형을 보면 거위 목 같아서 삼면이 바다와 접해 있고 오직 북쪽 면만 길이었는데, 금주(金州)와 복주(復州)와는 서로 통하였고 너비가 10리에 불과하니, 장반은 장차 이 10리의 길을 파서 대하(大河)를 만들려고 생각하고 있었다. 그리하여 바닷물로 둘러싸면 다만 사면이 모두 바다일 것이니, 새로 대하(大河)를 판 곳에 둔보(屯堡: 군대 주둔지)를 설치하면 오랑캐 기병들이 대하를 건널 수 없도록 저지할 수 있을 것이었다. 이곳 여순(旅順)은 땅이 커서 130리나 되니 장래에 둔목(屯牧)하게 하여서 군사도 양성할 수 있었다. 군대의 힘이 여유로우면 기회를 엿보아 대하를 건널 수 있고, 다음으로 금주(金州)와 복주(復州)의 요새를 짓누르고서 해주(海州)와 개주(蓋州) 지방도 엿보아 취할 수 있을 것이다. 그러나 대하 10리를 판다해도 다시 둔보(屯堡)를 구축하는 것은 공사비만도 수만 냥이 들 터인데 단시간에 준비할 수가 없으니, 단지 그곳에서 관찰하며 손가락으로 가리켜 보였다. 때문에 이 공사를 미처 하지 못하고 있었을 때, 누르하치의 간세(奸細: 첩자)가 이미 이를 보고하여 요양(遼陽)에 이르렀으니, 누르하치가 여러 반장(叛將)들과 상의하며 말했다.

"장반(張盤)은 그의 토대가 안정되지 않았을 때도 일찍이 당시 금주

(金州)·복주(復州)에서 나를 방해했는데 지금 여순(旅順)에 성이 있고 또 저 대하(大河)가 가로막고 있으며 그가 그 안쪽에 둔전(屯田: 땅을 개간해 경작함)을 만들고 군사들을 모아서 그가 시험 삼아 몰래 군사를 움직여 나를 교란한다면 나는 그를 막을 수 없을 것이다. 이렇게 되면 금주·복주 지방은 말할 필요가 없고 곧 요양(遼陽)·해주(海州)·개주(蓋州)까지도 편안히 잠잘 수가 없었을 것이다. 이제 마땅히 계략을 써서 그를 없애야 할 것이니, 장반(張盤)을 없애면 그 나머지 장수[將官]들은 더 이상 두렵지 않을 것이다."

그리고 빈틈없이 간세(奸細: 첩자)를 보내 여기 저기 탐문해 장반을 해치려고 하였다.

이곳 여순(旅順)에서 도사(都司) 장반(張盤)은 대하(大河)를 단기간에 만들 수가 없었기 때문에 따로 험준한 길이라도 찾아 여순(旅順)의 요충지로 삼으려고 하였다. 그리고 남관령(南關嶺)을 보건대 그 지역이 요로(要路)이니, 만약 그곳에다 하나의 관문을 세우면 오랑캐들은 감히 높은 곳을 쳐다보며 공격하지 못할 것이나 우리 군대는 높은 곳에서 내려가며 공격할 수가 있었는지라, 장행도(長行島) 수장(守將) 주국창(朱國昌)과 삼산도(三山島) 수장(守將) 증유공(曾有功)과 회동하여 지형을 관찰한 뒤 남관령 위에 관문을 세우고 병력을 나누어 주둔하며 지키기로 하였다. 또 상의하며 말했다.

"이곳에서 금주(金州)·복주(復州)와의 거리가 멀지 않으니, 누르하치가 결국에는 출병하여 우리를 짓이기려 할 것이오. 이곳에 반드시 두 섬의 사람들을 합쳐 관문을 세우면 하루 이틀이 되지 않아 만들 수 있을 것인데, 누르하치가 알고 싸우려 할 때면 우리는 이곳에 관을 이미 완성했을 것이다."

상의하여 3월 23일에 세우기로 결정하였다. 도사(都司) 장반(張盤)은 여순(旅順)으로 돌아가서 삽과 삼태기 같은 것들을 준비하도록 분부하고, 증유공(曾有功)은 약속 기일에 앞서 지방에 있는 목재와 돌들을 준비하였다. 문득 보니, 이날 증유공이 사람을 보내와서 말했다.

"나리께서 23일 인시(寅時: 새벽 3시부터 5시까지)를 골라 정하고 첫 삽을 뜨려하니, 일찍 오시기 바라나이다."

도사 장반은 또 주국창(朱國昌)과 만나기로 약속한 뒤, 귀순한 요동 백성들을 데리고서 부하들의 군마(軍馬)·마른 식량[糗糧]·흙일 도구[版築] 등을 들게 하고 관문을 한번 쌓으면 곧 완성되리라 기대하며 일제히 남관령(南關嶺)을 향했다. 이들은 일을 하러 왔을 뿐이지 화기(火器)와 기계(器械)를 많이 가지고 온 것도 아니고 두 장수[將官]도 관복을 입었을 뿐이었다. 모두 도착하자, 증유공(曾有功)을 물으며 말했다.

"아지도 오지 않았단 말이오?"

도사 장반이 말했다.

"어찌 이렇게 일을 게을리 한단 말인가!"

두 사람은 곧바로 남관령 위에 잠시 앉아 있었다. 마침 공사 계획을 상의하다가 얼핏 듣건대, 남관령 아래의 사방에서 함성이 크게 울리더니 앞뒤좌우에 온통 배치된 것이라곤 달병(韃兵)들이었다. 두 사람은 황망히 갑옷으로 갈아입고 칼이면 칼로 창이면 창으로 달자(韃子)들을 죽이려 하였다. 이들 가운데 공사를 하러 온 백성들이 맨 먼저 와아 소리를 지르며 도망갔다. 주국창(朱國昌)과 장반(張盤) 두 사람이 부하들을 이끌고 남관령 위에서 죽을힘을 다해 싸웠는데, 도사 주국창은 남관령 북쪽을 막았고 도사 장반은 남관령 남쪽을 막았다. 어찌하겠는가만 부하들이 모두 출전하려는 마음을 가진 적이 없는 데다 또한 죄다 달자들의 함성에 놀라 무너져 제대로 힘껏 싸울 수가 없었는데, 일찌감치 남관령 위의 수목 속에서 또 허다한 달자(韃子)들이 뚫고 나와 두 사람은 저마다 두 곳으로 격리되고 말았다. 도사 주국창(朱國昌)이 말했다.

"오랑캐 놈들아! 얌전히 군대를 물리면 너희들 목숨은 살려주겠다."

그리고는 칼을 들고 맞바로 내리치고 다시 내리쳐도 벗어날 수 없는데다 부하들마저도 또한 이미 달아나 흩어졌으니, 진실로 한 손바닥으로는 소리 내기가 어려운 격[孤掌難鳴]이었다. 막 칼을 들고 자결하려고 했지만, 그의 칼은 더디고 달자(韃子)의 칼이 빨라서 달자의 칼에 맞아 죽었다.

보국하고자 하나 괴롭게도 몸이 없고	報國苦無身
적을 꾸짖고자 하나 한갓 혀뿐이로다.	罵賊徒有舌
서글픈 바람이 남관령 고갯마루에 이니	悲風南嶺頭
아직도 처연한 바람소리 목매는 듯하네.	猶似聲凄咽

이쪽에서 도사(都司) 장반(張盤)이 창 한 자루를 들고서 신출귀몰하듯 날쌔게 창끝으로 적을 찌르거나 아니면 창 자루로 적을 때리니, 맞은 자들은 죄다 어지러이 말에서 떨어졌다. 막 고갯마루에서 한쪽 길을 돌파하여 이내 여순(旅順)으로 돌아가려고 했지만, 부하들이 도망하여 모두 부질없게 되었으니 어찌하겠는가. 달병(韃兵)은 그가 장수[將官]임을 알고 더욱 빙 둘러쌌다. 증유공(曾有功)이 어쩌면 군대를 이끌고 와서 구해줄 것으로 바라고 기대했지만 또한 오지 않았다. 형세가 매우 고립되고 위태롭게 되자, 더욱 심통이 나서 어지러이 마구 찔렀다. 갑자기 오랑캐 장수 한 명이 나와 길을 막는지라, 장반(張盤)이 곧장 창을 똑바로 들고 온 힘을 다해 한번 찔렀지만 그 오랑캐 장수가 날쌔게 피하여 허탕을 치게 되자, 바로 다시 창을 들려고 했을 때 벌써 달자(韃子)가 나는 듯이 말을 타고 와서 그 창 자루를 붙잡고 말았다.

도사(都司) 장반(張盤)이 급히 단도(短刀)로 가서 베려고 했으나 저 오랑
캐 장수가 또 이미 서둘러 와서 허리를 끌어안고 붙잡았다. 도사 장반
은 다급하여 창을 떨어뜨렸고, 곧 칼을 잡고 이 오랑캐 장수를 베려
했을 때, 저 달자(韃子)가 또 달려들어 잡아당겨서 형세가 더욱 긴박해
져 세 사람 모두 말에서 거꾸러져 떨어졌다. 도사 장반은 다시 칼을
가지고 마구 베려 하였고 오랑캐 장수는 또한 부상을 입었었지만, 유
감스럽게도 장반의 신변에는 사람이 없고 달자(韃子)에게는 사람들이
많으니 달자들이 한꺼번에 몰려들어서 사로잡히고 말았다. 그 뒤에
투항하고자 하지 않았기 때문에 누르하치 군대에 의해 팔다리가 찢어
져 죽었다. 가련하게도 저 도사 장반은 진강(鎭江)과 거련(車輦)에서 모
문룡 장군을 따라 동고동락하며 지나는 곳마다 전공(戰功)을 세웠고
또 조정을 위해 금주(金州)와 복주(復州) 두 개의 주(州)를 회복히였기
늘, 오늘 비명에 죽고 말았구나!

내 몸은 기왓장처럼 찢어질 수 있어도	吾體可瓦裂
내 마음 나누려 해도 나눌 수가 없어라.	吾心不可分
오랑캐 평정하고도 여전히 아쉬움 남아	平胡有遺恨
뻗히고 뻗혀서 하늘을 찌르는 듯해라.	亘亘欲凌雲

누르하치의 군대는 이미 도사 장반을 사로잡고서 여순(旅順)에 주장
(主將)이 없음을 알고는 곧장 일제히 여순을 향해 돌진해 왔다. 이때
여순(旅順)은 도사 장반의 동생 장국위(張國威)가 지키고 있었다. 그는
도망쳐 돌아온 백성들과 마주쳤는데, 그들이 누르하치의 군대가 남관
령(南關嶺)에서 도사 장반을 포위하고 있다고 말하자 곧장 군사를 일으
켜 구하러 오려고 했지만 성 안에 군사들이 없었으니 어찌 할 수 있었
으랴. 나중에 패잔병이 도망쳐 돌아와서 도사 장반은 붙잡혔고 달병

(韃兵)들이 곧 들이닥칠 것이라며 섬으로 들어가기를 권유하자, 장국위(張國威)가 말했다.

"우리 형제는 몸을 나라에 바쳤는데, 형이 이미 죽었거늘 나만 어찌 혼자 살 수 있겠느냐?"

그리고는 군민(軍民)들에게 성에 올라 방어하도록 독려하였지만, 군민들은 이미 절반이나 도망가 버렸다. 누르하치 군대가 와서 성을 부수고 들이닥치는 때가 되어 장국위는 혼자 성이 무너진 곳을 맡아서 오랑캐를 베어 죽이려고 분발하여 허다한 달자(韃子)들을 베어 죽였지만, 끝내 많은 적군을 대적할 수가 없어서 그들에게 살해되었다.

전장의 핏방울이 소나기가 날리는 듯하고	戰血急雨飛
군사들의 함성이 거센 파도가 몰아치듯 하네.	軍聲海濤沸
나라의 은혜 보답함에 같은 마음 있었으니	報國有同心
진실로 형제에게 한 점 부끄럽지 않으리라.	允不愧同氣

달병(韃兵)들이 성에 진격하여 성을 피로 씻어낼 것[洗城]이라 하면서 노약자들을 죄다 도륙하였으나 단지 부녀자들만 남기고 건장한 남자들은 약탈한 재물들을 실어 운반하게 하고서 여순(旅順)을 쓸어버려 텅 비게 한 뒤에 회군하였는데, 도사 장반이 그 동안 있는 힘을 다해 회복하고 온 힘을 다해 지키려고 했던 지역이었으니 사람과 땅을 모두 잃은 것이다. 만약 당시에 대하(大河)를 파고 수비하게 했다면 혹시 함락되는 지경에 이르지 않았을 수도 있을 것이다.

요충지 잃으니 땅도 모두 잃게 되었고	險失地俱失
사람이 죽으니 성도 역시 망하게 되었네.	人亡城亦亡

모문룡 장군에게 보고가 날아들자, 모문룡 장군은 즉시 증유공(曾有功)·장계선(張繼善)에게 격문(檄文)을 띄워 수병(水兵)이 구원하도록 독려하면서, 유격(遊擊) 임무춘(林茂春)을 시켜 용왕당(龍王堂)으로 상륙해 적들이 돌아가는 길목을 차단하도록 하여 남과 북에서 번갈아 공격하게 하였다. 임무춘 유격은 명령을 받고서 마침내 길을 택하여 상륙하고 곧장 남관령(南關嶺)으로 갔다. 얼핏 보건대, 땅위에 시신의 머리가 뒤엉켜 있고 흘린 피가 아직도 초목 위에 엉겨 있으니, 임무춘은 슬퍼져 마음이 상함을 이길 수가 없었다. 사람을 시켜 소식을 알아보도록 하자, 그가 말했다.

"누르하치의 군대가 이미 여순(旅順)을 격파하고 막 돌아오려 하나이다."

이때 임무춘은 곧 부하들을 두 부대로 나누고 말했다.

"달적(韃賊)의 기병은 단지 평평한 땅이 유리하나 산이 험한 곳은 불리하다. 이제 병력을 두 곳으로 나누어 고갯마루에 잠복해 있다가, 적군이 절반 정도 지나가는 것을 보고 곧장 화포(火砲)를 쏘거든 한 부대는 세차게 뒤쫓아 적들의 인마(人馬)를 고개 아래로 내려가게 하고, 다른 한 부대는 가로막아 적들의 인마를 고개 위로 올라가게 하여라. 그러면 적들은 선봉과 후미가 서로 응하지 못하리니 승리를 거둘 수 있을 것이다."

하루도 되지 않아서 임무춘(林茂春)이 문득 보니, 달병(韃兵)들이 오는데 대오(隊伍)를 분산배치도 하지 않은 채로 자루를 가지고 가는 자도 있고 커다란 상자를 끌고 가는 자도 있었다. 그리고 하염없이 훌쩍거리며 꼬리를 물고 있는 백성과 부녀자들을 거느리고 또 소·양·개·말들까지 몰고 가는데, 이미 장계선(張繼善)이 병사들을 이끌고 온다는 소식을 듣고서 부랴부랴 길을 나섰다. 적들이 남관령(南關嶺)에 도착하여 절반 이상이 지나갔을 때, 한 방의 화포소리가 나자 임무춘이 병사를 이끌고 돌진해 나왔다. 고갯마루를 내려간 자들은 이미 목숨을 걸고 도망하였는데, 이쪽에서 병사들이 형편에 따라 돌진해 내려가며 뒤쫓아 가 그들이 몰아가고 노략질했던 부녀자와 재물들을 모두 되빼앗았다. 일찍이 고갯마루를 올라가지 않은 달자(韃子)들 가운데 임무춘이 높은 곳에서 돌진해 내려오며 애초에 몇 명을 베니 그 나머지 달자(韃子)들은 모두 혼란에 빠져 달아났으나 심지어 외딴 곳까지 들추어 찾아냈고, 고갯마루를 건너 도망쳐 살아남았을지언정 어느 곳에서 약탈한 사람과 가축, 금과 비단을 도로 볼 수 있겠는가. 이들 백성도 기회를 엿보아 달아나 돌아갔는데, 소와 양, 금과 비단 등은 모두 군사들에 의해 거두어졌다. 총계하니 적의 머리를 벤 것이 100여 급(級)이고 기계(器械)를 빼앗아 놓은 것이 500건이며, 구해낸 것이 남녀 2천 여 명이고 소와 양 그리고 개와 말을 구해낸 것이 1천 여 두(頭)이었다.

화포 터지니 중군 오랑캐의 기병이 놀라고　　　　炮起中堅虜騎驚
중원 부녀자들은 각기 도망쳐 살아남았네.　　　　中原婦女各逃生
장수의 지략엔 응당 적수가 없다고 말하며　　　　爲言將略應無敵
금주의 변경을 향해 떠나가지 말라고 하라.　　　　莫向金州塞上行

　임무춘(林茂春) 유격이 오랑캐 기병들을 죽이거나 흩어지게 하고 남관령(南關嶺)에서 전사한 군사들을 모조리 매장한 뒤, 다시 백성들을 데리고서 여순(旅順)으로 되돌아와 무사히 도착하였다. 뜻밖에도 여순에 도착하였을 때, 증유공(曾有功)이 그때보다 먼저 달자(韃子)의 기세가 대단하다는 것을 듣고 감히 오지 못하다가 달자들이 쫓겨 갔다는 것을 알고 부하들들 거느리고서 누르하치의 병사들이 내버린 소용없

는 기계들을 모두 거두고는 적군을 뒤쫓아 가 탈취한 것으로 보고하려
하고, 피신하거나 도망쳤다가 되돌아온 백성들을 모두 사로잡고는 마
치 구해온 것으로 보고하려 하면서, 죄다 삼산도(三山島)로 데리고 들
어갔다. 여순(旅順)은 모두 옮겨 가서 텅 비게 되었으니 닭도 없고 개
조차도 없었다. 이렇게 이 땅은 한차례 오랑캐의 재앙을 겪은 뒤에 다
시 한바탕 병화를 겪었다.

의군이 가뭄의 구름 같다고 말하지 말라	莫言義旅雲霓似
모두들 왕사가 수화보다 심하다고 말한다네.	共道王師水火深

　임무춘(林茂春) 유격이 그 광경을 보고서 막 버려두고 가려다가 지세
가 험한 곳을 잃을까 염려하여 다만 백성들을 임시로 안착시키고는,
모문룡 장군에게 공문을 보내어 군량을 늘리도록 청하면서 이 지방을
지키려면 다시 대하(大河)를 파는 것은 의논하여 영원히 싸우거나 지
키는 항구적인 계책으로 삼도록 하라고 하였다.

　장반(張盤)이 금주(金州)에서 목숨을 바쳐 절개를 지켰지만, 사람들
은 여전히 공을 탐하여 사단을 일으켰다고 하는 비방이 있으니, 아!
누가 다시 그 일을 맡겠는가! 심하구나, 의론하는 입은 영웅의 손을
능히 속박하네.
　장반(張盤)은 당연히 아까운 인물이다. 담력 있고 지혜로워서 죽지
않았다면 진실로 또 한 명의 모문룡이었을 것이다. 그러나 여순(旅順)
은 다시 얻을 수 있으나 장반은 다시 살아날 수 없으니 어찌하랴!

황제의 은총이 융숭하여 환관이 멀리 사신으로 가고, 조선국왕을 책봉하여 밀접한 관계를 이루다.

聖眷隆貂璫遠使, 朝鮮封脣齒勢成.

사절단이 타고 갈 배를 띄우고 | 節使泛星槎
바람 타고서 푸른 파도 헤치네. | 乘風破碧波
조서 급히 내리니 산악처럼 중하고 | 詔馳山岳重
은혜 베푸니 바다물결처럼 굽이치네. | 恩錫海濤多

감격이 간절하여 자주 칼을 보게 되고 | 感切頻看劍
은혜를 하사받고 자주 창을 베게 되네. | 啣恩亞枕戈
북방을 번갈아 토평하기로 맹세하고 | 誓交清朔漠
징소리 북소리로 맑은 노래 연주하네. | 鐃鼓奏清歌

　　옛날 진(晉)나라 유홍(劉弘)은 은혜와 위엄이 평소 현저하였는바, 누구나 '유공(劉公)의 편지 한 장을 얻는 것이 열 명의 부종사(部從事: 보좌 벼슬아치)보다도 낫다.'라고 하였으니, 하물며 천자의 조서(詔書)는 사람들로 하여금 은혜에 감격하여 죽고 싶어 하지 않겠는가! 이 조서 한 장은 영웅의 뛰어난 뜻을 회유(懷柔)하거나 천리의 강토를 견고히 하는데 실제와 부합치 않은 명성[虛名]으로도 실적을 거두게 하니, 당연히 조정의 중요한 수단이다. 조선(朝鮮)에 관한 한 구절은 조정이 나름대로 먼 곳에 군사를 동원할 수 없다고 생각해 잠시 이 일에 관한 권한을 모문룡 장군에게 주어서 그와 밀접한 관계를 견고히 하려는 것이었

다. 지레 모문룡 장군에게 확실히 조사하도록 하여 조선의 문무 관원
과 모여 의논한 대로 이종(李綜: 李倧의 오기. 仁祖)을 임시 국왕으로서
정사를 보게 하되 조정의 명을 기다리도록 하였다. 갑자기 모문룡 장
군에게 권한을 준 것은 이휘(李暉: 李琿의 오기. 光海君)의 충순(忠順)함을
매몰시켜서 신하가 되고자 하는 마음을 없앨 수가 없었으며 또 이적
(夷狄)으로 하여금 천조(天朝)를 비웃으며 속일 수 있다고 여길까 두려
웠기 때문이다. 만약 모문룡 장군이 조사한 후에 주청해도 마침내 권
한을 주지 않으면, 모문룡 장군의 주청이 조정에서 행해지지 않는다
고 생각해 또한 이적(夷狄)이 모문룡 장군을 쓸데없는 사람으로 여기
며 비웃을 것이고, 그의 위엄 있는 명령이 조선에서 행해지지 않으면
조선이 그를 지키며 보호하려고 힘쓰지 않을 것이었다. 자세히 조사
한 후에 즉시 제본(題本: 上奏書)을 베껴 올려 책립(冊立: 책봉)하였으니,
성전(聖典)을 집행하고 속국(屬國)과 연합하여서 외번(外蕃)을 견고히
하고 내효(內效: 심복이 됨)를 거두게 하였다. 일이 끝난 다음, 그 조선
국왕에게 책봉 조서와 면복(冕服)을 규례(規例)에 따라 베풀어 주고, 각
관원을 파견해 자세히 의논하여 주문(奏文)을 갖추어 올리게 하였다.
나중에 사례감(司禮監) 태감(太監)인 왕민정(王敏政)과 충용영(忠勇營: 황
제 호위부대) 어마감(御馬監) 태감(太監)인 호양보(胡良輔)를 파견하여 이
종(李倧)을 조선국왕으로 책봉하는 조서(詔書)·칙유(敕諭)·면류곤복
(冕旒袞服)을 받들어 가지고 조선(朝鮮)으로 가게 하였다. 성상(聖上)이
또 모문룡 장군의 적은 군사가 해상에서 빈곳을 치고 요충지를 장악하
는데 두루 큰 공을 세우니 비통한 마음으로 걱정하였고, 부하 장수와
병사들이 동쪽으로 토벌하고 서쪽으로 공격하는데 온힘을 다하며 아
주 뛰어나니 그들을 고무하지 않을 수 없었다. 하물며 군량을 청하였
지만 지급한 적이 없어서 각자에게 포상을 내리도록 한 까닭이다.

두 명의 태감(太監)은 칙유(勅諭)를 받들고 흠차책봉금자패(欽差册封金字牌) 2면을 받아 마부가 딸린 말을 타고서 곧바로 등주(登州)에 이르렀다. 부현(府縣)의 관원들이 그 두 태감들을 위해 두 척의 대해선(大海船)을 준비했는데, 그 두 태감은 돼지와 양을 잡아서 바다에 제사지내고 항구를 떠나 조선(朝鮮)으로 향하였으니 피도(皮島)를 경유하여 출발하였다.

황제의 붉은 조서가 하늘에까지 드러나고	丹詔出雲霄
돛을 높이 단 배는 노한 파도를 건너네.	揚艣涉怒潮
떠가는 돛배 맞이할 날이 가까워오니	征帆迎日近
익새 그린 배는 바람 좇아 표연하네.	畵鷁逐風飄

물결이 거세게 출렁이니 배도 춤추는 듯	浪激舟疑舞
파도가 산더미 같으니 사람들 떠들썩하네.	波狂人欲囂
생각건대 응당 황명을 받자온 사신들도	想應啣命者
수척해진 몸으로 담비조차 이기지 못하리라.	消瘦不勝貂

등주(登州) 수구(水口)에서 묘도(廟島)에 이르기까지의 일대는 등래(登萊) 총병(總兵)이 병사들을 시켜 호송하며 수로에서 배를 끌도록 하였다. 거의 황성도(皇城島)에 가까워지자, 바로 모문룡 장군이 사람을 시켜 영접하였다. 한 섬에 도착하자 본래 장군 한 명이 몇 척의 전선(戰船)을 이끌고 있었는데, 모두 선명한 깃발을 꽂고 예리한 무기를 들었으니 칙사(勅使)들을 맞아들이도록 보낸 것이었다. 막 피도(皮島)에 도착하려 하자, 일찌감치 북과 나팔이 일제히 울렸고 깃발들이 잘 정돈되어 있었으며, 크고 작은 전선(戰船) 100여 척 가량 있었는데 배마다 모두 병장기를 든 장수[將官]들이 서 있으면서 모문룡 장군을 빼곡히 둘러싸고 호위하여 앞으로 나와 칙사(勅使)를 영접하였다. 중군관

(中軍官)의 보고가 끝나자, 양측이 대면한 뒤 곧바로 용정자(龍亭子: 국서 등 운반하는 가마)를 갖추고 타악기와 관악기가 연주되는 가운데 칙유(勅諭)를 맞이하여 피도(皮島)로 들어갔다. 상좌에는 황옥(黃屋: 황색 비단으로 만든 수레 덮개)을 벌여놓고 두 내감(內監: 太監)은 양 옆에 서 있었는데, 모문룡 장군이 부하들을 거느리고 절하고 춤추는 의식을 마친 뒤에 칙유를 선포하였다.

　　평요 총병(平遼總兵) 모문룡(毛文龍)에게 칙유하노라.
　　성상(聖上)의 유지(諭旨)에 이르기를, 짐(朕)이 생각건대, 요동 땅을 평정하지 못한 데다 역적 오랑캐는 흉포하게 도사리고 있거늘, 아직도 포상할 만한 공훈이 늦고 있으니 지금 근심하느라 침식을 잊노라. 오직 그대들 문무 대장군들만은 힘을 아끼지 말고 충성을 다하여 승리를 거두는 기책(奇策)을 세워서 변란을 평정하고 나라의 치욕을 씻는데 실행하기를 바라노라. 후한 상을 내리지 않으면 한결같은 충성을 힘쓰겠는가. 그대는 후원도 없는 고립된 군사를 이끌고 궁벽한 섬에 주둔하고서 소규모 부대로 간간이 출전하여 뜻하지 않은 승리 소식을 누차 아뢰니, 역적 오랑캐로 하여금 배후가 켕겨 올빼미 날개를 펼친 듯이 기세가 등등하지 못한 지 이미 3년이 되었도다. 오직 그대의 공로를 짐(朕)이 실로 가상히 여기는 바이며, 또 생각건대 각 장수와 병사들이 항오(行伍)에 몸담으면서 힘을 합하느라 한데서 비바람을 맞으며 고초가 많았을 것이다. 짐(朕)이 이전에 독사(督師: 군사 책임자)와 보신(輔臣: 재상)에게 상을 내려주도록 한 적이 있었노라. 이에 내신(內臣: 환관)인 사례태감(司禮太監) 왕민정(王敏政)과 충용영(忠勇營) 어마태감(御馬太監) 호양보(胡良輔)를 파견하여 조서(詔書)·칙유(勅諭)·면복(冕服)을 받들어 이종(李倧)을 조선 국왕으로 책봉하는데, 길이 피도(皮島)를 거치므로 특별히 그대에게 은자(銀子) 100냥과 대홍망의(大紅蟒衣) 1벌을 내려서 돌보아 보답하는 뜻을 보이노라. 정벌에 나섰던 장수와 병사들도 오랑캐를 사로잡거나 베어죽인 공로가 많으니, 충성과 수고를 염두에 두는 바이라

짐(朕)이 어전(御前)의 은자 4만 냥과 여러 가지 망의(蟒衣)와 슬란(膝襴)과 단저사(段紵絲) 120필을 거두어 모아서 그대가 공로 있는 자에게 상을 주는 데 쓰도록 보내노라. 그대는 또한 더욱 장한 계획을 시행하여 신비롭게 승리의 계책을 꾀할 것이니, 속국(屬國)과 연결하여 삼군(三軍)을 독려하며 이끌고 우리의 남은 병력을 길러서 오랑캐의 죽을 목숨을 제어하여 잃은 강토를 수복하면 황하가 허리띠처럼 좁아지고 태산이 숫돌처럼 작게 되도록 부귀영화를 누리게 할 것을 맹세하노라. 짐(朕)은 거짓말을 일삼지 않을 것이니 그대는 이를 우러러 체득하고 공경하라. 이런 이유로 칙유하노라.

낭독이 끝나자, 모문룡 장군은 두 내감(內監: 환관)과 서로 인사하고 나서 말했다.

"모문룡은 재주가 변변치 못한데도 누차 성은(聖恩)을 입었지만, 아직까지 누르하치를 죽여 성상께서 동쪽 변방에 대해 염려하시는 마음을 풀어드리지 못한 것을 부끄럽게 여깁니다. 이제 다시금 은혜를 입은 것이 부하에까지 아울러 미치니, 감히 힘을 합쳐 싸우다가 죽음에 이를지라도 훌륭한 공로를 아뢰지 않을 수 있겠나이까?"

두 내감(內監)이 말했다.

"원수(元帥)가 누차 오랑캐 소굴을 무찌르고 포로를 사로잡아 바친 것은 진실로 뜻하지 않은 승리이니, 절로 응당 이러한 후한 상이 있는 것이오. 만약 적을 멸할 수 있다면, 성상(聖上)께서도 제후에 봉하는 것을 아끼지 않으실 것이오."

모문룡 장군은 또 그들이 산을 넘고 물을 건너서 온 것을 고마워하면서 인하여 부하 장수와 병사들에게 나아와 인사드리도록 하였다. 두 내감(內監)은 이 장관(將官: 장수)들을 만난 뒤 말했다.

"우리는 피도(皮島)의 장수들이 자주 적과 싸운다는 것을 들은 적이 있는데, 과연 한 무리의 호걸이로다. 그대들은 더욱 모 장군을 도와주고 조정을 위해 온힘을 다하라."

모문룡 장군은 성상이 내려준 비단과 은냥(銀兩)을 나누어주려고 앞에다 벌여놓으며 말했다.

"이것들은 성상(聖上)께서 내리신 상으로 공로가 있는 자를 기다릴 것이니, 너희들은 마땅히 온힘을 다하여서 성상의 총애에 부응하라."

장수들이 "예예." 응답하고서 물러났다. 만나본 뒤 머물러 잔치하며 술자리에서 또 설명하였는데, 자신에게 오랑캐를 멸할 수 있는 방략이 있고 장수와 병사들은 말이 땀 흘리도록 부지런히 수고하고 요동의 백성들이 귀순해오는 것이 날로 많아지지만 군량이 부족하여 고초를 겪는다는 것이었다. 밤이 늦어서야 유숙(留宿)하였다.

그 다음날, 먼저 그들과 함께 섬 안에 있는 기마병과 보병을 사열하였다. 교장(敎場)에 내려가니, 각 장수들이 모두 자신의 부대 인마(人馬)들을 배열하고 중군(中軍)의 집기(執旗: 깃발을 잡는 병사)들을 벌여놓으며 장대(將臺)에서 지휘하였다. 맨 앞의 일원화(一元化)된 진용이 나중에 나뉘어 양의(兩儀: 陰陽陣)가 되더니 다시 삼재진(三才陣: 天地人陣)으로 변하다가 도리어 사문진(四門陣)과 오화진(五花陣)과 팔진법(八陣法)이 되어 크고 작은 포위토벌에 이르기까지 매우 정연하였다.

말은 뛰어오를 듯 기세를 띠고	馬帶騰驤氣
사람은 온힘 다하기를 생각하네.	人懷竭蹶心
깃발들이 봉우리에 수놓은 듯 펄럭이고	旗旛搖繡巘
창칼들이 서리 맞은 나무처럼 모여 있네.	戈戟簇霜林

또 수군(水軍)을 훈련시키는 것을 살폈는데, 처음 거센 파도 속에 작은 섬들이 별처럼 늘어서 있을 뿐 배 한 척 사람 한 명 보이지 않았다. 그러나 한 발의 대포소리가 들리더니 사방에서 서로 호응하였다. 전

선(戰船: 전투선)이 어찌 천여 척 뿐이랴만 혹 흩어지기도 하고 혹 합쳐지기도 하여 흡사 선회하는 용과 물위에 뜬 갈매기처럼 빠르고 날쌔기가 같았는데, 몇 개의 진(陣)을 펼친 것도 똑같았다. 포진(布陣)이 끝나자, 단지 한 방의 대포소리에 여러 총들이 일제히 쏘아대는 소리가 들리고는 화기에 의한 화염이 하늘로 치솟았는데, 연기가 사라지고 불꽃이 사그라지기에 이르러 바다에는 여전히 파도가 출렁이었을 뿐 배한 척도 없었으니 몹시 진기하였다.

노를 들자 교룡이 용솟음치는 듯하고	橈擧疑蛟奮
배가 움직이자 흡사 새가 나는 듯하네.	舟移似鳥翔
군대 함성 파도소리와 뒤섞여도 장하니	軍聲雜濤壯
오랑캐들이 미처 날뛰지 못하도록 하네.	醜虜莫猖狂

두 내감(內監: 환관)이 감탄하며 칭찬하고 말했다.

"우리 충용영(忠勇營)의 인마(人馬)들도 약하지 않은데 꼭 이와 같이 훌륭하지 않소. 이와 같은 수군(水軍)이 있더라도 우리는 저렇게 배 타는 것에 익숙하지 않아 등주(登州)에서 큰 배에 타자마자 곧바로 멀미가 나서 토했을 것이오. 어찌 이렇게 한 점 한 점 찍은 듯한 배들이 실례이오만 당황하지 않는단 말이오. 이것도 아주 날랜 정예병의 부대인데, 모두 노 선생(老先生)의 지휘 통솔로 인한 것이오."

서너맷 날을 머물자, 모문룡 장군은 그들을 철산(鐵山)에서 조선국(朝鮮國) 경기도(京畿道)로 들어가 왕경성(王京城: 수도 한양)에 이르도록 전송하였다. 조선의 새 임금이 직접 관원을 보내 멀리까지 나가서 맞아들이게 하여 왕경(王京)에 이르렀다. 새 임금이 스스로 의장(儀仗)을 갖추어 영접하였는데, 선례에 따라 조서(詔書)와 칙유(勅諭)를 선포하고 면복(冕服)을 내리니, 새 임금은 그 은혜에 감사히 여기고 직접 면복을 입고 어전(御殿)에 나가 축하를 받고는 두 내감(內監)을 역사(驛舍)에서 묵도록 보냈다. 연회를 베푸는 동안 두 내감은 충분히 말했다.

"성상(聖上)의 마음은 모문룡 장군의 진영(鎭營)에서 극력 추천하였기 때문에 믿고 따르시어 우리들에게 바다의 거센 파도를 피하지 말고 멀리 귀국(貴國)에 이르도록 하셨소이다. 앞으로 모름지기 모문룡 장군의 진영과 급한 일은 서로 의지하고, 마음과 힘을 합하여 누르하치를 무찔러서 황제의 조정에 보답하도록 도모해 주시오. 만약 전왕(前王)처럼 우리나라의 후한 은혜를 저버리고 몰래 누르하치와 내통하면, 중국은 비록 토벌한 적이 없을지라도 그러나 재앙이 내부에서 일어나 비명(非命)에 죽는 몸이 될 것이외다. 이 일은 뒷날의 교훈이 될 것이외다."

새 임금은 "예예." 하며 황명을 받았다. 지난번 한림(翰林) 과도관(科道官)이 조선에 가서는 모두 주옥(珠玉)을 요구하며 시를 지었지만, 이 두 사람은 문하(門下: 門客)을 데리고 있어서 관례에 따라 즉흥적으로 시를 지었는데 아무렇게나 오가는 서신이었다.

그 다음에 조선의 문무 배신(文武陪臣)들을 접견하고는 두 내감(內監)이 말했다.

"지난날 전왕(前王)의 불충함은 그대들이 또한 마땅히 간해야 했고 참으로 옳았소. 지금 성상(聖上)의 큰 은혜는 모문룡 장군이 힘써 아뢴 것으로 모두 쫓아 따를 수가 없소. 다만 그대들 각관(各官)은 이후부터는 모름지기 충의(忠義)로 왕을 보필하고, 설령 모문룡 장군이 혹 군량이 부족한 것으로 인하여 환곡(還穀)을 빌리더라도 융통해주어야 하오. 우리 천자의 조정은 일찍이 그대의 나라를 위해 왜구(倭寇)를 평정할 때 수백만을 썼으니 절대로 다른 마음을 가져서는 안 되오."

두 내감(內監)은 일을 다 마친 뒤에 또한 수행원[從人]들을 데리고 왕경(王京: 한양)에서 해로(海路)를 통해 북경(北京)으로 돌아갔다. 새 임금은 두 내감에게 후한 선물을 증정하였지만, 두 내감은 모두 받으려 하지 않았다. 새 임금은 선례에 따른 것이라고 말하며 재삼 선물하자, 두 내감이 말했다.

"남겨두었다가 응당 모문룡 장군의 급한 일에 주는 것이 우리에게 주는 것보다 훨씬 많이 나을 것이외다."

결국 받지 않았다. 그 뒤에 바다에서 등래(登萊)에 되돌아가는 도중에 아무런 탈이 없었는데, 또한 모두 섬에 사람이 있었기 때문이었다. 그렇지 않았으면 하동(河東)과 하서(河西)를 잃었을 것이고, 조선을 어찌하여 통할 수 있었겠는가.

이쪽에서 모문룡 장군은 지례사(持禮使)을 보내 조선에 가서 축하하고 양측이 친교를 맺어 피차간에 서로 의지하게 되었다.

모문룡 장군의 부하 장수와 병사들은 성상(聖上)이 진념(軫念)하여 내감(內監)을 시켜 바다를 건너 은냥(銀兩)을 나누어주었기 때문에 앞을 다투어 은혜에 보답할 것을 생각하지 않는 이가 없었다. 무릇 수자리를 지키는 자는 수자리 지키는 것을 유념하지 않는 것이 없고, 적의 상황을 탐문하는 자는 정탐하는 것을 유념하지 않는 것이 없고, 나가서 싸우는 자는 출전을 유념하지 않는 것이 없었다. 다만 누르하치가 어리석은 생각으로 산해관을 넘보는 때를 기다렸다가, 이러한 장수와 병사들은 나뉘어 소굴을 쳐서 적군을 막고 잡아 죽여 성상의 은혜에 보답하고자 하였다. 이것이 바로 후한 상을 내리면 반드시 용감한 군사가 있게 된다는 것이다.

군사는 솜옷 껴입은 것처럼 성은을 느끼고 　　　　　人懷挾纊恩
모두가 간절히 천하를 맑게 할 뜻을 품네. 　　　　　共切澄淸志

옛 산하를 회복하는 것이야말로 　　　　　　　恢復舊山河
대략이나마 신하의 일을 마치는 것이네. 　　　　　　籭了人臣事

　장수와 병사들이 바로 성상의 은혜에 보답하기를 생각하고 있을
때, 마침 그 뒤에 달적(韃賊) 천여 명이 산 속의 팔회채(八會寨) 안에
주둔하자, 참장(參將) 이승혜(易承惠) 등이 병사들에게 공격하고 포위
하도록 독려하니 하루 밤낮 동안 군사들이 목숨을 바쳐 싸우지 않는
자가 없었다. 달적(韃賊) 오제찰(鳴啼咱) 등 29명을 사로잡았고, 이노
(夷奴) 1명, 여진족의 말 9필과 노새 1두, 달적의 모자 40개, 오랑캐
무기 모두 500여 개를 얻었으며, 요동의 백성인 사곤(謝坤) 등 597명
을 초무(招撫)하여 돌아왔다. 그리고 모문룡 장군은 모두 데리고 와서
각 섬에 나누어주고 안착시켰으며, 여진족을 압송해 포로로 바쳤다.
바로 장수와 병사들이 은혜에 감격하여 보답하고자 하였기 때문에 향
하는 곳마다 공을 세운 것이다.

　이때 위충현(魏忠賢) 내감(內監)이 권력을 장악하고 있었기 때문에,
책봉 역시 감신(監臣: 환관신하)들에 의해 처리되었다. 만일 바다에서
군대의 위세가 그들의 마음을 길들일 수 없었다면, 악양(樂羊)처럼 비
방 받는 문서가 바구니에 가득하였을 것이다.
　내감(內監)의 권력을 빌려 처리한 것은 또한 중국을 안정시키려는
기략(機略: 임기응변의 책략)이었지만, 내감과 내통한 허물을 초래하여
끝내 오늘날 사람을 멸시하는 상투적인 말을 경험하고 있다.

제28회

영원성에서 화공으로 적을 패주시키고,
위녕해에서 분전하여 누르하치를 견제하다.
寧遠城火攻走賊, 威寧海力戰牽奴.

서풍이 밤사이 불더니 오랑캐 피리 들려오고 | 西風一夜來羌管
모래밭 한번 바라보니 오랑캐 기마 가득하네. | 平沙一望胡騎滿
말채찍만 던져도 이미 강물 끊기는 것을 보고 | 投鞭已看河斷流
군홧발 끝에 다시금 성이 새 알 같음을 비웃네. | 靴尖更笑城如卵

성 안의 사서인들이 놀라고 울부짖으며 | 城中士庶驚且啼
고립된 성이 포위되어 돌아갈 길 헤매네. | 孤城圍合歸路迷
누가 일려의 병력 끌고 물불에서 구할 것이랴 | 誰提一旅救水火
목 빼고 부질없이 절로 하루속히 오길 바라네. | 引領空自瞻雲霓

씩씩한 지방관이 사납기가 호랑이 같으니 | 糾糾守臣猛如虎
문사들 병법 알지 못한다고 싫어하지 마오. | 莫嫌文士不解武
손에다가 장검을 잡고서 층루에 기대었고 | 手提長劍倚層樓
손가락으로 삼군에게 강노 쏘라 지휘하네. | 指點三軍發強弩

메뚜기가 화살인 듯 포가 천둥인 듯이 | 飛蝗疑箭炮疑雷
한바탕 싸우고는 잠깐 사이 강적 무너뜨리네. | 一戰俄教勁敵隤
고난과 위험 두루 겪고 예리한 무기 보았지만 | 艱危歷盡見利器
이 같은 장수 있으니 어찌 겁 많은 흉노 오랴. | 有將如是兮何怯匈奴來

변경의 일은 싸우지 않으면 지키는 것이다. 사람들은 싸우는 것이 위험하고 지키는 것이 쉽다고들 하지만, 공수자(公輸子)와 묵적(墨翟)

두 사람 가운데 한 명은 기계를 설치해 놓고서 공격하고 다른 한 명은 기계를 설치해 놓고서 수비하게 했는데, 공수자가 이길 수 없었다. 이처럼 지키는 것도 쉬운 일이 아님을 알지 못하고 어느 한 구역이라도 죽는 일을 집으로 돌아가는 것같이 여기는 의기(意氣: 기상)가 없으면 지킬 수가 없으며, 어느 한 구역이라도 임기응변적 기지(機智)가 없으면 또한 지킬 수가 없다. 개원(開原)·철령(鐵嶺)·심양(瀋陽)·요양(遼陽)에서 광녕(廣寧)에 이르기까지를 보면 그 어느 한 곳인들 지켜야 할 땅이 아니겠는가만, 혹 적을 막는데 아침나절을 넘기지 못하고 혹 풍문만 듣고서 멀리 도망친다면 국법으로는 도망에 익숙한 자의 마음을 벨 수가 없고 후한 상으로는 삼군(三軍)의 의지를 굳게 할 수가 없다. 그런데 성을 지키는 사람이 담력도 기지도 나라에 보답하려는 마음까지도 없으면 마침내 굳게 지킨 공석을 서불 수가 없게 된다.

누르하치는 그가 전쟁에서 승리하며 공격에서 취한 인마(人馬)들을 믿었는지라 매번 얼음을 타고 강을 건넜는데, 영원(寧遠)을 습격해 탈취하려 했으나 모문룡 장군의 견제에 어찌할 도리가 없었다. 때는 희종(熹宗) 6년(1626) 정월이었을 때, 누르하치가 몰래 호령을 전하여 남모르게 5만여 명을 데리고 삼차하(三岔河)를 건너서 마침내 영원(寧遠)을 취하고야 말았다. 저쪽에서 봉화로 이미 보고가 영원(寧遠)에 들어갔고, 이때 영원도(寧遠道)를 분담해 순무(巡撫)한 이는 원숭환(袁崇煥)이었는데, 그는 누르하치가 무순(撫順)을 침범하여 변방의 요새들이 뒤흔들리자 상소하여 석산애(石山隘)를 지키자고 청한 것으로 인하여 지현(知縣)에서 첨사(僉事)로 승진하였고 다시 부사(副使)로 승진하였으니 담력이 있는 사람이었다. 그는 누르하치가 강을 건너 반드시 영원(寧遠)을 갖고 싶어 한다는 것을 알았다. 금주(錦州)는 비록 영원(寧遠)의 앞에 있을지라도 성이 작아 지킬 수가 없었다. 게다가 누르하치가 금주(錦州)를 버려두고 영원(寧遠)을 공격한다면, 금주는 지원을 받을 수 없는 고립된 고을이 되어 영원과 적을 협공하기에 부족할까 염려하여 병력을 반분하였다. 이 때문에 금주(錦州)의 병마(兵馬)를 죄다 거두어 총병(總兵) 만계(滿桂)·조솔교(趙率敎) 두 사람에게 나누어주고는 부장(副將) 좌보(左甫)·주매(朱梅), 관계있는 일련의 장관(將官: 장수)들과 힘을 합쳐 영원(寧遠) 지방을 굳게 지키는 것을 의논하도록 하였다. 과연 누르하치가 뜻을 영원에 두고서 금주를 곧장 지나쳤다. 이에 대한 보고가 왔는데, 각 장수들은 누르하치의 인마(人馬)들이 많고 병사들의 기세가 세차다는 것을 듣고서 각기 조금 당황하였다. 원숭환 병비(兵備: 병부시랑)가 큰 소리로 말했다.

"조정이 수년 동안 선비를 양성하였거늘, 위급한 변고의 보고가 있으면 바로 공을 세우고 나라에 보답해야 할 때에 어찌 소문만 듣고도 먼저 달아난단 말이냐! 내가 성 밖으로 한 걸음이라도 달아나나가면 제군(諸君)들이 나를 죽이고, 제군들이 성 밖으로 한 걸음이라도 달아나나가면 내가 제군들을 죽일 것이니, 모름지기 성과 존망을 같이하도록 하라."

만계(滿桂)가 말했다.

"순도 문신(巡道文臣)조차도 비분강개하여 성을 위해 죽으려하시는데, 우리 무신들도 어찌 목숨을 걸고 싸워 성을 지키지 않을 수 있겠는가?"

조솔교(趙率敎)가 말했다.

"지금 병마(兵馬)와 무기들이 아주 넉넉하여 적을 격파할 수 있으니, 오직 굳게 지킬 뿐 다시는 변심이 없게 하라."

성 안의 백성들이 달자(韃子)들이 온다는 소식을 듣고 또한 어수선하게 도망치려 하자, 원숭환 순도(巡道)가 말했다.

"너희들이 도망쳐 산해관(山海關)으로 들어가려고 하나, 달자(韃子)들의 말이 빠르니 반드시 따라잡혀서 죽을 것이다. 만약 여러 촌락에 들어간다면 각 촌락의 성(城)은 결코 영원성(寧遠城)처럼 견고하지 않으니, 어찌 나를 도와 성을 지키지 않겠느냐? 나 원숭환은 이곳에 있으면서 단연코 누르하치로 하여금 성을 허물지 못하게 하리라. 만약 백성들 가운데 난동을 부리며 사람들을 현혹하는 자가 있으면 내가 먼저 머리를 베어 걸어놓을 것이다."

곧바로 만계(滿桂)·조솔교(趙率教)·좌보(左甫)·주매(朱梅) 네 사람과 분담하여 네 문을 지켰는데, 우선 먼저 소를 잡고 술을 따라 주어 삼군(三軍)을 크게 위로하며 충의(忠義)를 당부하니 각 병사들이 모두 감격해 목숨을 바쳐 지키고자 하였다.

병사 위해 잔치 열고 간절히 고락을 같이하니	享士盂投醪
삼군이 의기가 씩씩하고 장하여 거리낌 없네.	三軍意氣豪
기꺼이 한 덩어리의 흙일지라도	肯教一塊土
까닭 없이 비린내에 물들이겠는가.	無故染腥臊

그리고 적들이 군량(軍糧)과 마초(馬草)들을 차지하고는 오히려 우리를 오래도록 곤경에 빠지게 할까 염려하여 수비(守備) 하가익(何可翊) 등을 분산 배치하고, 원래 용궁사(龍宮寺)에 비축해두었던 군량미를 분담하여 각화도(覺華島)에 운반해 들이도록 하고 그 나머지 썩어 문드러져 쓸 수 없는 것은 죄다 불에 태워 없애버렸다. 여전히 적들이 병력을 나누어 각화도를 엄습할까 염려하여 또 부총병(副總兵) 조대수(祖大壽)에게 연해의 얼음을 때려 부수도록 맡겨서 적들로 하여금 얼음을 타고 각화도를 엿볼 수 없게 하였다.

바로 방비하고 있을 즈음, 달병(韃兵)들이 이미 23일에 도착하여 군영(軍營)을 이은 것이 100리나 되니 기세가 몹시 드세었다. 24일 아침이 되자, 성을 포위하기 위해 먼저 서문(西門)을 공격하였다. 서문은 만계(滿桂) 총병이 지켰는데, 그가 여러 사람들에게 분부했다.

"지키는 것과 싸우는 것은 같지 않은데, 싸울 때는 달자(韃子)의 말들이 빨리 달려오는지라 우리 군대가 화기(火器)를 쏘아도 소용이 없는 것을 대비해야 하니, 그래서 미리 그 먼지만 바라보고도 불을 붙여 쏘아야 한다. 지금처럼 지켜야 할 때는 우리가 높은 성을 차지한 것이 다만 고요히 있다가 움직일 때를 기다리기에 합당할 뿐이니, 줄곧 적들이 성에 가까이 오기를 기다렸다가 비로소 쏘아야 한다. 그러나 또 함부로 쏘아서는 안 되고 몇 번으로 나누어 쏘아야 하니, 첫 번째는 적이 온 것을 보고 화기(火器)를 쏘아야 하며, 두 번째는 바야흐로 망루(望樓)에서 화살을 쏘아 곧 화기에 화약을 쟁이도록 해야 하며, 세 번째는 포석(砲石)을 쏘아 곧 궁노수(弓弩手)가 화살을 당기도록 해야 하며, 위급한 상황을 줄곧 기다렸다가는 화살과 돌이 뒤섞여 쏟아지게 해야 한다."

아닌 게 아니라 쏘는 것이 서서히 연이어졌는데, 먼저 한바탕 화기(火器)를 쏘니 달자(韃子)들이 쉴 사이 없이 맞아 말에서 떨어졌고, 후방의 부대가 와 급히 구원하려 할 때에 궁노수(弓弩手)가 또 화살을 쏘고 화포(火砲)도 뒤따랐다. 2시간 동안 달적(韃賊)이 죽거나 다친 자들이 매우 많았는데, 그들은 서문(西門)의 방어가 완전하여 빈틈없는 것을 보고 일제히 남문(南門)으로 가 공격하였다. 남문은 원숭환(袁崇煥) 순도(巡道)가 조솔교(趙率敎)와 함께 지켰다. 원숭환 순도가 군복 차림에 칼을 들고서 오가며 독려하다 달병(韃兵)들이 성에 바짝 다가온 것을 보고 화기(火器)를 쏘도록 하자, 한바탕 달적(韃賊)들을 두들겨 4,50보 뒤로 물러나도록 했으나, 멀리 달병(韃兵) 진영에서 한 무리가 수레를 끌고 나와 곧장 성 아래로 달려드는 것이 보였다. 이 수레는 매우 기괴하였으니, 윗면은 다섯 내지 일곱 치의 두께로 된 큰 판자를 평평하게 덮었고, 수레의 아래는 알고 보니 사람들이 수레바퀴를 밀면서 걷고 있었다. 성 위에서 총알, 화살, 돌 등을 아래로 쏘아댔지만 판자를 뚫어내지 못하고 모두 튕겨버려서 달병(韃兵)에게 손상을 입힐 수가 없었다. 이제 달자(韃子) 오랑캐들은 도리어 안심하고 수레를 몰아서는 성 곁에서 가래[鍬鍤]로 파내며 도끼로 성을 두드렸는데, 상당히 먼 곳의 기마 달적(騎馬韃賊)들은 단지 성이 무너져 호응할 수 있기만을 기다리고 있었다.

이때 원숭환(袁崇煥) 순도(巡道)는 성 위에 서 있으면서 화살과 돌이 아무런 효과가 없음을 보고 마침 여러 모로 생각하고 있을 때, 뜻밖에 경력(經歷) 김계종(金啓倧)이 외서 말했다.

"나리께 아뢰오니, 이때 화공법(火攻法)을 사용해야 하나이다."

원숭환 순도가 머리를 끄덕이며 말했다.

"나의 생각과 꼭 같네."

즉시 그에게 성 안에 가서 땔나무와 마른 풀을 가져오도록 하고 아울러 민가의 갈대발과 삿자리 같은 인화물질을 큰 다발로 묶어 기름을 뿌리고는 모두 성벽 위에서 수레 위로 던지게 한 연후에 불화살을 일제히 쏘아대니, 수레가 타는 맹렬한 불길이 하늘에 이어졌다. 불기운이 기세 좋게 뿜어 오르자 달적(韃賊)들이 감히 와서 구하지 못하니, 수레 아래에 있던 사람들도 더 이상 있을 수가 없어서 일제히 떠들썩하게 달아났지만, 달아나지 못한 사람은 모두 성 아래에서 불타 죽었다. 원숭환 순도는 또 사사(死士: 결사대) 손소조(孫紹祖) 등 50명을 시켜 각기 면화(綿花)와 화약을 가지고서 적들이 버리고 간 공거(攻車: 공격용 수레)와 전거(戰車: 전투용 수레)를 불태워 버려 아무 것도 남지 않았다. 달적(韃賊)들은 할 수 없이 잠시 물러나 용궁사(龍宮寺) 일대에 있다가 병영 500여 개를 세워 다시 공격하기를 도모하려 하였다. 원숭환 순도가 장수와 병사들을 독려하며 이끌어 밤낮으로 방어하면서 이를 급히 경사(京師: 북경)에 보고하였다.

신하의 마음 돌 같아 가벼이 돌리기 어려우니	臣心如石難輕轉
마침내 고립된 성을 돌처럼 굳건하게 하여라.	遂使孤城似石堅
불로 공격하는 것을 하책이라고 말하지 마라	莫道火攻爲下策
꺾인 굴대 사그라진 연기 속에 버려짐을 보았네.	已看折軸委殘烟

이때 여순(旅順)의 수장(守將)이 누르하치의 군대가 강을 건너는 것을 정찰하고 즉시 급보한 것이 철산(鐵山)에 들어왔다. 모문룡 장군이 이를 듣고 크게 놀라 분노하다가 즉시 관전(寬奠)·애양(靉陽)·요양(遼陽) 일대를 정탐했던 인역(人役: 남의 부림을 받는 자)들을 죄다 잡아매어 때리고는 말했다.

"오랑캐들이 이미 깊이 들어왔는지라 곧바로 소굴을 짓이겨도 국면을 잠시 늦출 뿐이지 견제할 수가 없지만, 기필코 대병력으로 곧장 요양(遼陽)으로 가야만 비로소 견제할 수 있다."

곧 각 섬의 장관(將官: 장수)들을 불러들이고 많은 전투선[戰船]을 출항시켜서 크게 성세를 보여 마양도(麻羊島)·쌍도(雙島)와 남북신구(南北汛口)에서 그들의 돌아올 길목을 막을 것이라고 공언하고 지체하는 것을 불허하였다. 자신은 바로 진계성(陳繼盛)을 데리고 한 부대를 거느려 철산(鐵山)의 육로로 진강(鎭江)을 향하여 갔고, 모승록(毛承祿)은 한 부대를 거느려 수로로 진강에서 모이기로 하였다. 그런 뒤에 또 병력을 나누었는데, 탕참(湯站)·봉황성(鳳凰城) 일대에서 한 방면은 해변을 따라서 위녕해(威寧海)를 거쳐 요양을 취하고, 다른 한 방면은 복리

(腹裡)에서 첨수참(甜水站)을 향하다가 요양을 취하기로 하였다. 양 방면으로 일제히 쳐들어갔는데, 진강(鎮江)·진이(鎮夷)·신전보(新佃堡)·초하구(草河口)를 지나가니 소문만 듣고도 도망쳐 숨지 않은 자가 없었는지라 곧장 위녕해에 이르렀다. 곳곳의 둔보(屯堡: 주둔지)에서 모은 달병(韃兵)들이 와서 대적하였지만 대략 수천 명에 불과하니, 모문룡 장군은 화기(火器)를 쏘지도 않고 혼자 말을 타고서 곧바로 앞으로 나아가 돌진하였다. 이때 일부 병사들이 용기를 내지 않는 자가 없이 뒤따라 나와 이 달적(韃賊)들 10분의 2, 3을 죽여 없앴고 수백 명을 사로잡았다. 모문룡 장군이 분부했다.

"이번 출행은 곧장 요양(遼陽)에 다다르려는 것이니, 수급(首級)을 가지고 있어서는 안 된다."

또 진군하여 청석령(靑石嶺)에 이르러서는 요해처에 영채(營寨)를 세우고 병력을 나누어 요양(遼陽) 부근 지방을 빼앗고, 양민들을 투항토록 하여 역당(逆黨)들을 토벌하였다. 그리고 임무춘(林茂春)·왕보(王甫)를 시켜 곧장 해주(海州) 지역에 가서 명성과 위세를 크게 떨치도록 하여 사람들로 하여금 하서(河西)에 들어가 이를 전하게 하였다.

대장군은 뛰어난 지략이 많으니	大將多奇略
비밀리 행군해 곧장 오랑캐 짓이기네.	潛師直擣胡
날뛴 오랑캐는 응당 간담 서늘하니	狂酋應膽落
머리 돌려 궁색한 오두막집 그리네.	回首戀窮廬

이쪽에서 달적 기마병(韃賊騎馬兵)의 급보가 영원(寧遠)에 도착하니, 누르하치가 놀라움을 이기지 못하였다. 이영방(李永芳)이 다시 누르하치에게 회군하여 내부를 살피도록 권유하고, 정탐했던 자들도 더하여 무수한 병선(兵船)이 마양도(麻羊島)·저도(豬島)에 나아가 머물고 있었

으나 지금은 머지않아 남신구(南汛口)에 도착할 것이라고 보고하자, 누르하치는 그들이 군량(軍糧)과 마초(馬草)와 함께 귀로까지 가로막힐까 염려하여 더욱 더 몹시 놀랐다. 군대를 철수해 가려해도 또 영원(寧遠)에서 추격해온 병사들이 습격할까 두려워하였으니, 후방 부대가 당분간 선두 부대가 되어 먼저 하구(河口)를 점거하여서 섬의 병사들이 삼차하(三岔河)에 들어와 가로막는 것을 방비하도록 분부하였다. 또한 사왕자(四王子)와 동양성(佟養性)·이영방(李永芳) 두 장수는 군대를 거느리고 오히려 성을 공격하려 한다며 허세를 부려 추격병들로 하여금 감히 추격해 오지 못하도록 하게 하였다. 마침 상의하고 있는 중인데, 원숭환 순도는 오랑캐들이 주둔하여 가지 않는 것을 보고 마침내 서양대총(西洋大銃)을 부착한 수레를 서문(西門)으로 싣고 나가 누르하치의 영채(營寨)를 향해 쏘았다. 이 총의 성능은 능히 30여 리 먼 곳까지 미칠 수 있었는데, 겨우 한 방의 대포 소리만 울렸지만 오랑캐의 영채(營寨) 하나가 맞아서 자취조차 없어지자, 이번에는 많은 달자(韃子)들이 이미 마음속으로 당황하였으니, 아직도 감히 성을 공격한다며 허세를 부리겠는가? 마침내 스스로 밤을 틈타 영채를 철수하여 모두 강을 건넜다.

영원(寧遠)을 보전한 것은 원숭환 순도가 달적(韃賊)들 퇴각시켰기 때문이다. 이를 당보수(塘報手)가 독사(督師: 군사 총책임자)에게 보고하니 황제에게 제본(題本: 上奏文)이 전달되었고, 성지(聖旨)를 받들어 먼저 원숭환 순도를 요동 순무(遼東巡撫)로 승진시키면서 그 다음에 논공(論功)하여 병부시랑(兵部侍郎)·도찰원 좌첨 도어사(都察院左僉都御史)로 승진시켰고, 아들 한 사람을 음직(蔭職: 조상의 덕으로 하는 벼슬)으로 금의위(錦衣衛) 천호(千戶)를 세습하도록 하였다. 만계(滿桂)와 조솔교(趙率敎) 두 총병(總兵)은 각기 우도독(右都督)으로 승진시키면서 아들

한 사람을 음직으로 본위(本衛) 천호(千戶)를 내렸다. 좌보(左甫)는 실직(實職)으로 도독 첨사(都督僉事)를 제수하였고, 주매(朱梅)는 임시 도독 첨사를 대행케 하였고, 조대수(祖大壽)는 실직으로 부총병(副總兵)을 제수하였고, 하가익(何可翊)은 도사 첨서(都司僉書)를 제수하였고, 손소조(孫紹祖) 등은 각기 상으로 은(銀)을 차등 있게 내렸다. 김계종(金啓倧)은 오랑캐들의 공격용 수레를 불태우는 계책을 바치고 또한 서양총(西洋銃)을 쏘도록 독려하다 죽은 것으로 인하여 삼급(三級)을 증직(贈職)하고 음직을 내리면서 두터운 은혜로 은 8냥을 지급하였다. 서양총은 안국전군 평요정로 대장군(安國全軍平遼靖虜大將軍)에 봉하고 관원을 보내어 제사를 지냈다.

힘써 싸워 고립된 성을 고수하니	力戰固孤城
봉화 연기 사방의 들에 서늘하네.	烽烟四野淸
기린각에 성씨를 새기나니	麒麟銘姓氏
응당 신하의 곧은 절개 헛되지 않네.	應不負臣貞

이쪽에서 누르하치는 수군(水軍)에게 가로막힐까 두려워 급급히 강을 건너고 해주(海州)를 거쳐 곧장 태자하(太子河)의 신성(新城)으로 달려가서 주둔하였는데, 병마(兵馬)들을 점검하고 잠시 쉬게 하며 모문룡 장군과 결전하려는 생각을 하였다. 뜻밖에도 모문룡 장군이 진강(鎭江)에 도착했을 때 바로 사람을 시켜 패문(牌文)을 창성(昌城)과 만포(滿浦)의 장관(將官: 장수)들에게 보내어 오랑캐 소굴을 치겠다고 허세를 부리도록 해 오랑캐들이 내부를 살피게 하였다. 아닌 게 아니라 이 두 곳의 장수들은 각기 병마(兵馬)들을 데리고 오랑캐의 지역으로 들어가 깃발을 흔들고 함성을 지르며 영채의 울타리를 보면 바로 공격하면서 고의로 소리를 질러 놀라게 하였다. 이 때문에 우모채(牛毛寨)와

동고채(董古寨)에서 각각 쉴 사이 없이 거듭 딱따기소리를 울리니, 누르하치가 할 수 없이 또한 병력을 나누어 노채(老寨)로 되돌아와 지키고는 감히 출병하지 못하였다. 모문룡 장군은 각 섬의 병보(兵報)에 영원(寧遠)이 이미 무사하고 누르하치의 군대도 이미 스스로 강을 건넜다고 한 것으로 인하여, 또 길이 급하여 군량을 넉넉하게 준비하지 못한 까닭으로 할 수 없이 철산(鐵山)에 되돌아왔다. 이번에 모문룡 장군이 비록 기계(奇計)를 내어 무찌르지 못했을지라도 누르하치로 하여금 감히 나오지 못하도록 하였을 뿐만 아니라 또한 감히 뒤돌아보지도 못하게 하였다. 그 뒤로 누르하치는 4월 17일에 또 다시 군대를 일으켜 영원(寧遠)을 침입했으나 서로(西虜) 초화(炒花)가 군대를 일으켜 모문룡 장군을 도우러 온 것을 괴이하게 여겨 초화의 조카 낭태길(囊台吉)을 죽이고 그 다음에 초화의 아들 알안아(歹安兒)를 쳐부수니, 초화가 놀라 멀리 별도의 채책(寨柵)으로 피신하였다. 그런 뒤에 누르하치는 심양(瀋陽)의 군대를 이동시켜 필승의 계책을 세웠으나 또 모문룡 장군이 곧바로 요양을 공격하자, 오랑캐들이 물러나 되돌아갔다. 원숭환(袁崇煥) 순무(巡撫)는 주문(奏文)을 갖추어 모문룡 장군의 공을 기술하였다. 동강(東江: 皮島)의 한 부대는 진실로 영원(寧遠)과 금주(錦州)를 위해 오랑캐를 제어하는데 쓰일 수가 있었으니, 어찌 이름만 있고 실상이 없는 군대이랴.

영원(寧遠)은 견고한 성들이 여러 번 격파된 뒤에도 굳게 지킬 수 있었으니, 지금까지 성의 방어에 있어서 제일이라 할 만하다. 심지어 모문룡 장군이 오랑캐 소굴을 공격한 것은 진실로 산해관의 급박함을 구한 것이었다. 만약 지금처럼 천하의 재물을 고갈시켜 군사를 양성해 영원(寧遠)에 한 번 출전하고 한 번 만에 불시 오랑캐 소굴을 무찔렀

다면, 오랑캐가 감히 대안구(大安口)를 엿보았으랴. 몹시 머리털을 곤
두서게 한다.

　누르하치의 영원(寧遠)에 대한 공격은 동강(東江)에서 견제하고 규찰
하지 않았다면 마치 망망한 대해를 항해하는 것과 같았을 것이니, 지
금 하서(河西)의 외경(外境)을 거쳐 대안구(大安口)로 쳐들어온 것은 말
해 무엇 하랴. 게다가 서로(西虜)의 정의에 대해 또 무슨 말을 하랴만
우리를 위해 오랑캐를 베거나 내쫓지도 않았고 또한 우리를 위해 오랑
캐 상황을 탐문해주지도 않았다.

제29회

관군의 기묘한 교란책으로 누르하치가 죽었고, 대장 돕는 장수들이 비밀리 행군해 오랑캐를 잡다.

官軍奇撓斃奴, 神將潛師獲虜.

먼 북쪽 변방에 오랑캐가 침략해와 칼날이 가리키는 곳마다 온전한 보루가 없네. 풀이 윤기 나는 곳엔 수레기름이 남아있고 땅에서는 백골을 거두는데 피가 강물처럼 흘렀네. 이 완악하고 잔인한 자들은 응당 천벌을 받아야 하네. 모름지기 이들의 머리를 장대에 매달아서 장안의 저잣거리에 내놓아야 하네. 나라를 바로잡는데 애통하게도 사람이 없어 천하를 맑게 하려는 장한 뜻을 지닌 이가 드무니 어찌하랴.

사신의 깃발만 부질없이 놓지 않으니 누가 오랑캐를 향해 화살을 쏘랴, 외로운 검만 동쪽 바다에 남아 3대 걸친 조정의 부끄러움을 설욕하기에 부족하네. 더구나 공교롭게도 군사는 주리고 장수는 적어서 하늘의 토벌을 막으니 오랑캐는 마침내 편안한 죽음을 맞을 것이네. 비분강개하여 감연수(甘延壽)와 진탕(陳湯)을 생각하니 눈물이 떨어져 청사(靑史)를 적시네.

이상은 《새원춘(塞垣春)》이다.

　칼은 한 사람을 대적하는 것이고 전쟁(戰爭) 또한 삼군(三軍)의 일이니 다만 지략(智略)이라는 한 글자에 달렸을 뿐이다. 적이 탐욕스러운 자라면 이익으로써 그를 함정에 빠뜨릴 수가 있고, 겁이 많은 자면 위세로써 그를 교란시킬 수가 있으며, 성급한 자면 노기를 뛰도록 함으로써 그를 흥분시킬 수가 있고, 잘 믿지 않은 자면 술수로써 그를 우롱할 수가 있다. 탐욕스러우면 함정에 빠뜨릴 수 있다는 것은 예컨대 소와 양, 금과 비단을 내다 버려두고 그들이 서로 빼앗도록 함정에 빠뜨려 혼란해진 틈을 타 공격한 것이고, 겁이 많으면 교란시킬 수 있다는 것은 예컨대 곽 영공(郭令公: 郭子儀)이 깃발을 높이 올리고 북을 쳐서 토번(吐蕃)을 물리친 것이며, 성급하면 흥분시킬 수 있다는 것은 예컨대 진(晉)나라 문공(文公)이 조(曹)나라를 풀어주고 정(鄭)나라를 포위하여 자옥(子玉)이 싸우러 오도록 한 것이고, 잘 믿지 않으면 우롱할 수 있다는 것은 예컨대 화용도(華容道)에서 연기와 불을 많이 지펴 조조(曹操)를 의혹하게 한 것이다. 이와 같이 우롱하고 함정에 빠뜨리고 교란시키고 흥분하게 하고 불러들여서 죽게 한다면, 지극히 기묘한 지략이라 할 만한 것이다. 그러나 만약 누르하치를 사로잡아 도성에 이르러 도성의 거리에 머리를 매달 수 없다면 끝내 영웅의 여한이 될 것이다.

모문룡 장군은 오랑캐가 영원(寧遠)을 쳐들어와 노략질할 때 군대가 출동한 뒤에 비로소 잘못되었다는 것을 깨닫고 일찍이 한스럽게 여긴 적이 있었기 때문에 오랑캐들을 교란시키려 할 때마다 감히 멀리 나가지 못하게 하였다. 3월에는 누르하치가 서로(西虜)에서 노략(擄掠)한다는 소식을 듣고 그들이 여세를 몰아 영원(寧遠)을 엿보면 그로 인하여 군량이 넉넉지 못할까 걱정해 특별히 사람을 시켜 고려(高麗: 조선)에서 쌀 7천 포대를 바꾸고 기초(棋炒: 북방 전통식품)를 만들어 장수와 병사들에게 나누어 주도록 하고는 곧장 돌진하여 요양(遼陽)·안산(鞍山)에 이르러 두 곳에다 군대를 주둔시켰다. 이때 장맛비가 내리고 또 초목이 무성하였는데, 모문룡 장군도 장맛비와 무성한 초목 속에서 보름이 넘도록 지내다가 오랑캐들이 철군한 뒤에야 겨우 되돌아왔다. 4월에는 탐문하니, 누르하치가 투항한 백성들을 몰아가며 호되게 다그쳐서 함께 서쪽으로 강을 건너려고 하는지라, 모문룡 장군에 의해 차출된 병사들이 각처에 깊숙이 들어가 적의 소굴을 쳐부수고 회안보(會

安堡)를 포위하였는데, 이 관군들에 의해 참수되거나 사로잡힌 자가 모두 36명이고, 회안보에 있던 백성 1,300여 명은 중국으로 귀순하기를 원하여 각 장수들이 모두 데리고 바다를 건너서 섬에 들어가 안착시켰다. 6월에 이르러서 참장(參將) 모유인(毛有仁)은 와아강(臥兒岡)에 달자(韃子)들이 영채(營寨)를 세우고 있다는 것을 듣고서 밤중에 쳐들어가 영채를 습격하여 어둠을 틈타 달자(韃子) 13명의 머리를 베었다. 11일에는 누르하치가 병사들을 여러 방면으로 보내어 철산(鐵山)을 공격하기 위해 도중에 선성(旋城)을 거쳤는데, 만여 명의 달자(韃子)들이 모문룡 장군의 장수인 진영(陣榮)에 의해 강어귀에서 막혀 강을 건너지 못하고 있었다. 이때 한 우록(牛鹿: 遊擊將)이 바야흐로 저쪽에서 사람들을 핍박하여 억지로 물속으로 들어가게 하였는데, 진영이 쏜 화포(火砲)에 맞아 죽었다. 많은 달병(韃兵)들이 넋이 나가 무너져서 혼란에 빠지자, 진영(陣榮)이 죽여라 소리치고 쫓아가며 화살을 쏘아댔는데, 8명의 달병을 사로잡았고 3명의 부녀자를 포획했으며 20여 명의 달자(韃子)를 죽였다. 13일에는 유격(遊擊) 이유성(李惟盛)·공유흥(龔有興)이 천산성(川山城)에서 달자들의 다른 한 방면을 차단하여 30여 명의 달자를 죽였다. 17일에는 도사(都司) 모유복(毛有福)·왕기(汪耆)가 다른 방면에 있던 달자들을 대석문령(大石門嶺)·칠도하(七道河)에서 대거 죽였는데, 113명의 머리를 베었다. 각 방면에서 소와 양을 빼앗았으니 그 수를 헤아릴 수가 없었다.

7월 1일에는 우록(牛鹿: 遊擊將) 합지복래(哈知卜來)·복적타합(卜赤打哈)이 두 부대의 병력을 거느리고 곧장 운종도(雲從島: 皮島)로 왔다. 모문룡 장군은 그들이 오는 도중에 있는 장수와 병사들에게는 각각 진지를 굳게 지키면서 주위의 모든 것들을 말끔히 없애되 그들이 깊숙이 들어오는 대로 놔두도록 하고, 도사(都司) 모영시(毛永詩)·모유항(毛有恒)에게는 남모르게 정천(定川: 定州) · 거련(車輦) 지방에 병사들을 주둔시키되 다만 그들의 군대가 지나가도록 기다린 뒤에야 출병해 그들의 귀로를 차단케 하고 그들의 구원병을 저지하도록 분부하였다. 참장(參將) 왕승란(王承鸞) · 도사(都司) 모유공(毛有功)에게는 의주(義州)의 안정관(晏廷關)에 잠복해 있고, 도사(都司) 모영흥(毛永興)에게는 경산(瓊山) · 청룡산(靑龍山)에 병사들을 잠복시켜 있게 하고, 수륙병(水陸兵) 곡종은(曲從恩) · 이승혜(易承惠) · 진대소(陳大韶) 등에게는 우가장(于家庄) · 미곶보(彌串堡) · 진강(鎭江)에 주둔하되 곳곳에 매복하였다가 지원하게 하였다. 모문룡 장군은 직접 모승록(毛承祿) · 진계성(陳繼盛)을 이끌고 운종관(雲從關)에 주둔해 있으면서 접전을 기다렸다. 두 우록(牛鹿: 遊擊將)은 오는 도중에서 어느 누구도 가로막지 않는 것을 보고서 강동(江東)의 병마(兵馬)들이 저기들을 무시여긴다고 안심히며 재멋내로 말하면서 곧상 철산(鐵山)에 이르렀다. 얼핏 보니, 한 관문(關門)에 도착하자 관문 밖에서 깃발들이 햇빛에 빛나고 창칼들이 하늘을 찌를 듯했으며 세 개의 큰 영채(營寨)가 자리를 잡고 있는데, 중간에 대장의 기와 북을 세운 것이 바로 모문룡 장군으로 군대의 위용이 정연하였다. 두 우록(牛鹿: 유격장)은 깜짝 놀라 말을 세우고 공격하라는 명을 전달하기도 전에 다만 세 영채(營寨)에서 일제히 화포 소리가 들렸다. 그리고 먼저 한 무리의 곤패병(滾牌兵: 방패병)이 나왔는데, 이것은 탄알을 막는 것과 같은 방패로 겹겹이 곤패를 들고 나아가 한순간도 되지 않아 이미 말 주위에 이르러서 칼날이 매우 **빠르게** 날아와 한칼에 몇 마리의 말발굽이 잘려지자, 말에 타고 있던 달자(韃子)들이 곧바로 떨어졌고 다시 한칼에 일찌감치 몸뚱어리가 두 동강났다. 나중에 또 한 무리의 화기병(火器兵)들이 곤패병(滾牌兵: 방패병)을 따라 나와서 이 달병(韃兵)들을 공격하자 당황해하며 후퇴하였다. 화기병 뒤에 한 무리의 마군(馬軍)이 장창(長槍)과 대도

(大刀)를 들고 나와서 닥치는 대로 죽이고 난도질하자, 곤패병과 보군(步軍)들이 모두 재빨리 옆으로 비켜나 마군(馬軍)들이 뒤쫓아 가서 죽이도록 내버려두었다. 두 우록(牛鹿: 遊擊將)은 오로지 도망갈 생각만 하고 목숨만 건지기를 바랄 뿐이었다. 모문룡 장군도 이쪽에서 인마(人馬)를 몰아 쉼 없이 말을 전진하여 막 청룡산(靑龍山)에 도착하자, 한번 포성이 울리더니 모영흥(毛永興)이 쇄도하여 나와 또한 마치 채소를 썰 듯이 우록의 한 무리를 베어버렸다. 안정관(晏廷關)에 도착하여서는 모유공(毛有功)이 화포와 화살을 일제히 쏘아대자, 저 두 우록(牛鹿)이 대단히 놀라 허둥지둥하며 상의하였는데 합지복래(哈知卜來)는 앞으로 돌진하고 복적타합(卜赤打哈)은 퇴로를 끊기로 하고도 싸우면서 달아났다. 괴롭게도 미곶보(彌串堡)에서 또한 병사들이 쏜살같이 나온 데다 모유공(毛有功)이 합세하여 뒤쫓아와 의주(義州)의 안정관(晏廷關) 주변까지 추격해왔고 또한 왕승란(王承鸞)이 중간을 가로막으며 돌진해 나와 달자의 절반을 저지하였다. 단지 한번 싸우고도 왕승란(王承鸞) 참장(參將)과 모유공(毛有功) 도사(都司)가 일찌감치 복적타합(卜赤打哈)을 사로잡았다. 합지복래(哈知卜來)는 탈출할 수 있었기에 몹시 기뻐했지만, 뜻밖에 모유항(毛有恒)이 거련(車輦)에 매복해 있다가 적병이 오는 것을 보고는 바삐 창을 뽑아들고 선두에 서서 요격하여 창으로 합지복래(哈知卜來) 어깨의 우묵한 곳을 찔렀다. 합지복래는 거의 말에서 떨어질 뻔했지만 여러 달자(韃子)들이 구해내서 달아날 수 있었다. 모유항(毛有恒)이 뒤에서 추격하여 막 정천(定川: 定州)에 이르자, 모영시(毛永詩)가 또 앞에서 가로막고 있다가 벌써 합지복래(哈知卜來)를 생포하고 있었다. 그리고 감군(監軍) 도합류(叨哈留)란 자가 있었는데, 달병(韃兵)으로 변장하여 도주하다가 또한 수비(守備) 모영의(毛永義)・고성공(顧成功)에게 우가장(于家庄)에서 사로잡혀 왔다. 각 방면에서 모두 달적(韃賊)의 머리를 벤

것이 197명이고, 사로잡은 자가 280명이며, 또 오랑캐 병사 3,300여
명을 타일러서 투항하도록 하였다. 관군(官軍) 가운데 죽거나 다친 자가
없는 것은 아니지만, 그래도 저들을 약화시켜 감히 운종도(雲從島)를
똑바로 바라보지 못하게 하였다.

육도와 신묘한 계책이 같고	六韜同妙算
구지에서 기습병이 나오네.	九地出奇兵
복병을 두어 오랑캐 심장 찢어지고	設伏胡心裂
비밀리 행군해 오랑캐 간담 놀라네.	潛師虜膽驚

이때 누르하치는 이미 크나큰 종기가 등에 생겼었는데, 두 장수가
잡히고 허다한 병마들을 잃었다는 소식을 듣고 몹시 노하여 종기가
더욱 심해졌다. 이쪽에서 모문룡 장군이 투항한 오닝캐들을 심문하면
서 누르하치가 어찌하여 직접 군대를 이끌고 오지 않는지, 또 왕자들
이 오지 않았는지를 물으니, 알고 있는 자가 말했다.

"노감(老憨: 누르하치 지칭)이 등에 종기가 나 있기 때문에 여기 오지
못했고, 여러 왕자들은 누르하치를 간호해야 해서 몸을 뺄 수가 없었
습니다."

모문룡 장군은 이러한 소식을 알고는 더욱 사람을 시켜 가서 그를
교란시키고자 요양(遼陽)에서든 노채(老寨)에서든 깃발을 흔들며 소리
를 지르고 그를 성가시게 굴도록 쉴 새 없이 딱따기소리를 울리게 하
였다. 지금 누르하치는 비록 늙었지만 웅대한 야망이 아직 사라지지
않아 여러 차례 스스로 출병하려 했으나, 몸을 기동할 수 없게 되자
분노가 극에 달해 더욱 병이 심해졌다. 그 후에 여러 왕자들은 누르하
치가 화낼까 두려워 딱따기가 울리지 못하도록 하라고 분부하면서 부
총병(副總兵)과 총병(總兵) 몇 명을 분담케 해 보내어 각 방면을 주둔하

며 지키도록 하였다. 그러나 누르하치는 병으로 생명을 더 이상 지탱할 수가 없어서 8월 10일에 죽었다.

삼한이 참혹한 화를 당한 지 십여 년 동안	茶毒三韓十許年
백골은 장백산 같고 피는 평지에 내 이루네.	骨齊長白血平川
하늘이 악한 사람을 해치려 하지 않았지만	蒼天不令淫人禍
수령의 목숨을 그래도 보전케 할 수 있으랴.	首領猶敎得保全

여러 왕자들은 앞으로 장례를 지낸 뒤에 스스로 오랑캐 풍속을 비추어서 제비를 뽑아 가장 긴 자가 칸[憨]이 되기로 하였는데, 바로 사왕자(四王子)가 가장 긴 것을 뽑았는지라 동양성(佟養性)과 이영방(李永芳) 두 사람 및 많은 장수와 병사들이 모두 높이 받들었으니, 사왕자(四王子)가 왕위를 이어받았다.

이곳에서 모문룡 장군은 때때로 어떤 사람에게 소식을 탐문하였는데 이러한 소식을 알고 말했다.

"왕의 군대를 일으켜 상(喪)이 난 나라를 토벌하지 않는다고 하지만, 저 달자(韃子)들이 무슨 예의를 알 것으로 여겨 만약 인의(人義)를 그들에게 베풀어준다면 또한 지극히 세성물정에 어두운 것이다. 차라리 상중(喪中)이라서 방비할 수 없는 틈을 타서 때맞춰 그들을 습격하여, 다른 사람들이 이미 마음을 정하고 사왕자가 아버지의 권세를 이어서 해를 끼칠 수 있도록 기다리지 말아야 할 것이다."

그리고 예전 그대로 사람을 시켜 탐문토록 하고 그들의 소굴을 공격하였다. 이날이 바로 8월 22일이었다. 맹강도도대인(孟剛都都大人)이라 불리는 한 부총병(副總兵)이 있었는데, 부하 3천 명의 달적(韃賊)을 거느리고 청하욕(淸河峪)에 주둔하면서 남병(南兵)을 방비하고 있었다. 우리 군대의 선봉(選鋒) 도사(都司) 이상충(李尙忠)이 파견한 척후관(斥

候官)이 청하욕에 도착하여 멀리서 연기가 나는 곳을 바라보며 풀 속에 숨어 있던 발야(撥夜: 정탐꾼)를 시켜 살펴보게 하니, 멀리 강 건너에 100여 개의 피장(皮帳: 가죽 장막)과 그 사이에 전장(氈帳: 천막)이 있었고, 강가를 따라 허다한 말들을 방목하였는데 그곳에 말을 돌보는 달자(韃子)들도 있었으며, 또한 그곳에서 들짐승 고기를 구워서 마유주(馬乳酒)를 마시고 있었다. 요컨대 강을 사이에 두었다고 믿고서 태만히 한 것이었다. 발야(撥夜)가 돌아와서 보고하니, 이상충(李尙忠)이 생각했다.

'음식을 보면 구태여 예의를 차릴 필요가 없는 것은 노년에 이르는 것이 길지 않기 때문이니, 달자(韃子)를 보고서 붙잡지 않을 수가 없는 것이다.'

자신의 부하들을 점검해보니, 병사들은 단지 300여 명이라 달자(韃子)에게 쉬 접근할 수가 없어 황망히 사람을 시켜 다른 방면의 인마(人馬)들이 오도록 재촉케 하면서, 자기 자신도 야간에 달이 없을 때를 틈타 달자들을 붙잡기로 생각하였다. 초경(初更: 오후 7시부터 9시)이 되자, 이 300명을 데리고 소리 없이 얕은 곳에서 강을 건너 일제히 피장(皮帳: 가죽 장막) 속을 향해 덮쳐 더듬어지면 곧 죽이니 약 80여 명을 베었다. 그 나머지 중에 말은 있지만 무기가 없거나 무기는 있지만 투구와 갑옷이 없는 자들이 모두 도망가서 숨었다. 그리고 저들을 와해시켜 전장(氈帳: 천막)에 이르러 그 안에 포위되었는데, 한 명의 오랑캐 장수를 사로잡으니 바로 부총병(副總兵) 맹강도도대인(孟剛都都大人)이었고, 또 안륵(安勒) 등 가정(家丁) 4명이 있었는데 모두 이상충(李尙忠)에 의해 묶여졌다. 달마(韃馬) 몇 마리를 빼앗아 맹강도도대인 일당을 두 말의 중간에 끼어 있게 하고 수급(首級)을 다른 말에 싣고는 앞서 왔던 대로 강을 건너 나는 듯 내달려 남영(南營)으로 왔다. 날이 밝을 때까지 달려서 이미 50여 리가 되었을 때, 마침 우연히 선봉(選鋒) 유격(遊擊) 마응괴(馬應魁)를 만났는데, 600여 명의 병사를 거느리고 이르렀던 것이다. 양쪽에서 한창 오랑캐 장수를 붙잡았다고 말하는데, 얼핏 보니 뒤쪽에서 누군가가 소리치며 말했다.

"달자(韃子)들이 오고 있소이다."

누르하치는 법도가 사나웠기 때문에 부대장이 피살되면 한 부대를 죽이고, 파총(把總)이 피살되면 일총(一總: 449명)을 죽이며, 대장이 피살되면 일군(一軍: 12,500명)을 죽였다. 그런데 이 달병(韃兵)들은 남병(南兵)을 피했다가 방향을 돌려 다시 전쟁터에 이르러 모였는데, 총병(總兵)이 보이지 않자 먼저 죽은 시신의 머리를 낱낱이 검사했으나 그가 있는 것을 보지 못했다. 그리고 또한 숲과 풀밭에 나누어 투입되어 찾았지만 도무지 그림자조차도 보이지 않고, 다만 공터에서 풀을 뜯고 있는 그의 말을 찾았을 뿐이다. 때문에 그가 사로잡힌 것을 알고서 이처럼 죽음을 각오하고 뒤쫓아 온 것이었다. 마응괴(馬應魁)가 이를 보고 이상충(李尙忠)에게 말했다.

"그대가 먼저 적장을 압송해 가면, 잠시 머물다 내가 그의 무리들을 저지하겠소."

달자들이 막 도착하는 것을 보고 먼저 한차례 화기(火器)를 쏘아 선두에 있던 몇 명을 쓰러뜨리자, 그 나머지는 바야흐로 관망만 하고 있었다. 마응괴(馬應魁) 유격은 신예부대를 이용하여 이른 아침부터 달병(韃兵)을 50리나 추격하였는데 너무나 지치는 일이었다. 그래서 바로 군대를 이끌고 베어 죽이며 앞으로 나아가 이 일련의 달자(韃子)들을 격퇴하고 적의 머리 20여 개를 베고 무뢰(武賴) · 살합(撒哈) · 남합대(南哈大) 등 모두 3명을 사로잡아 이상충(李尙忠)과 함께 남쪽으로 내달렸다. 달적(韃賊)은 또 6천 여 명을 모아서 뒤쫓아 왔으나, 이상충(李尙忠)

과 마응괴(馬應魁) 두 사람은 스스로 대적할 수 없음을 알고 다시 맞서지 않고 곧장 오룡강(烏龍江)으로 내달렸다. 이때가 이미 삼경(三更: 밤 11시부터 새벽 1시)이었지만, 기쁘게도 참장(參將) 시가달(時可達)·유격(遊擊) 왕보(王甫)가 그곳에 병선(兵船: 전투선)을 가지고 있다가 급히 맞이하여 건넜다. 달적(韃賊)이 강 언덕에 도착하였지만 모두들 이미 강 중류(中流: 한복판)에 있었으므로, 화포와 화살을 일제히 쏘아 많은 달적(韃賊)들을 말위에서 떨어뜨렸다. 달적(韃賊)들은 어찌 할 도리가 없어서 할 수 없이 물러갔다. 각 장수들도 또한 배를 돌려서 상륙하여 칠흑 같은 밤중을 틈타 추격하고 죽였는데, 406명의 머리를 베었고 번혁(番革)·경소(經素)·소인태(蘇人太) 3명을 사로잡았으며, 무기와 말은 그 수를 헤아릴 수 없었다. 그런 뒤에 군대를 되돌렸다.

이번 한바탕 싸움은 비록 크게 행진(行陣: 行軍)을 경험한 것은 아니나 그래도 누르하치의 대장 한 명을 사로잡았다. 만약 치밀하게 지원하지 않았다면, 이상충(李尙忠)의 300명은 범의 아가리를 함부로 건든 것일 뿐만 아니라 마응괴(馬應魁)의 600명도 기왓장처럼 온전하게 되기를 바라지는 않았을 것이다. 이 동강(東江)의 군대는 진실로 의심스러운 군대이다. 이에 대해 하나하나 밝혀 조사한 과신(科臣: 관리들의 규찰 관원)들이 말한 것은 이러하다.

"모문룡 같은 자는 호걸(豪傑)이라 일컫지 않을 수 없고 또한 편봉(偏鋒: 승리를 쟁취한 새로운 전략가)이라 일컫지 않을 수 없으니, 한 부대의 정예 병사를 양성할 수 있을 것 같습니다. 매복을 하거나 간첩을 이용했으며, 패한 틈을 타서 기발한 계책을 내기도 하였으니, 모문룡은 그의 능력을 자신했으며 소직(小職) 등도 모문룡의 능력을 믿었습니다."

누르하치의 죽음은 모문룡 장군을 교란시키고 해이하게 하려고 하는 까닭에 생긴 일로 여겨지나, 또한 그러한 일이 혹 있었을지도 모르겠다.

일찍이 동강(東江)의 요동군(遼東軍)이 고생을 가장 잘 견딘다고 들은 적이 있는데, 기초(棋炒: 북방 전통식품) 한 되를 가지고도 10여 일 정도 견딜 수 있는 데다 낮에는 매복하고 밤에는 행군하며 풀에서 자고 서리를 먹었는데도 생각지 않았던 일에 나아가서 사람을 죽이거나 사람을 사로잡는 것이 모두 쓸 만한 군사들과 같았다. 지금 그 군사들이 진실로 여기에 있거늘, 누가 그들을 쓰고 누가 그들을 부리랴!

제30회

한미한 선비 서둘러 도와주어 체면 구하고,
과거 시험 청하여 사문의 명맥이 거듭 늘어나다.

盂拯恤寒儒生色, 請附試文脈重延.

천지를 굽어보고 우러러 보는 사이에 아! 난감하게도 곤궁함을 만나니, 선비는 녹봉이 없으면 이내 항상 곤궁함과 만나게 된다. 이빨을 주면 뿔을 주지 않는 것이 곤궁해지는 원인이요, 아침저녁으로 신음하는 것은 곤궁함이 매개한 것이요, 예를 행하고 의리를 지키는 것은 곤궁함에 빠지는 조짐이요, 기개가 높은 자는 곤궁함에 전전하면서도 떠나가지 못한다. 더구나 적이 견고하면 기꺼이 내통하는 것이 세상의 운명이요, 부유한 자에게 빌붙고 곤궁한 자를 억누르는 것은 세상의 습성이다. 명성도 뇌물로 이루어지고 신분도 뇌물로 올라간다면, 누가 자신의 절개를 아끼는 유자(儒者)를 가엽게 여겨 곤궁함에 빠지지 말라고 구원하겠는가. 진주가 가슴에 가득해도 속옷 되기 어렵고, 옥은 박옥으로 덮어서 스스로를 보존한다. 해가 가고 세월이 부질없이 굴러가도, 나는 여전히 나서서 두각을 새롭게 드러내지 않을 것이다. 길에는 무덤 묵은 풀이 있고 솥에는 떠다니는 먼지만 남아 있으니, 이미 가까운 친척이 드물고 또한 친구도 적을 것이다. 어린 아이는 놀이를 그만두고서 눈물을 머금고 아내는 사랑에 메말라서 투정하는데, 말을 끊임없이 떠들어대서 마음이 어지럽고 걱정만 드리워 꿈속에서도 놀란다. 숙상마(驌驦馬: 일종의 良馬)를 관장하면 근심 걱정이 없어져 즐거울 것이지만, 나무꾼 마주하면 사는 것이 애처롭고 부끄러울 것이다. 선니(宣尼: 孔子)를 따르려고 하여 말고삐를 잡는 일을 하면서 한 무리가 되었지만, 재산이 많은 것을 진실로 즐겁게 여기는 바라오만 방자한 병롱을 없애지는 못할 것이다. 다시금 쟁기질하면서 늙으려고 하지만 들밭일망정 반이라도 발 딛을 땅이 없고, 장사하는 일에 혹 종사할 수는 있으나 상자 안에는 적은 양의 기장조차도 남아 있지 않았다. 머리 위에 두건을 쓰고서 번쾌(樊噲)와 같은 이와 함께하는 것을 부끄러워 하니, 한가할 때에 붓을 던지고 종군(從軍)할까 스스로 깊이 생각해도 머리털이 물드는 것이 걱정되고 양 미간을 찌푸릴 만큼 늙음이 장차 이르렀으니 수많은 책을 읽었다 한들 어느 누가 알아주리오. 차라리 칼을 비껴들고 가 군막(軍幕)에서 계책을 세우는 편이 나을 것이니, 장수의 지략은 능한 바가 아니지만 나라의 은혜에 대한 보답은 진실로 뜻을 두었던 바이다. 우윤문(虞允文)의 기이한 행적을 좇고 안석(安石: 謝安)이 위급한 때에도 별장 내기하는 풍도를 배워 눈앞에서 번갈아가며 두루 꾸짖는 것을 면하고자 멀리 떠나 집안 돌아보는 것이야 훨씬 소홀했을망정 다시 하루 만에 죽더라도 창검을 들었다가 기쁘게 몸은 죽으리니 부끄러움이 불을 데가 없으리라.

이상은 《비사궁부(悲士窮賦)》

천하에서 가장 고심하는 서생(書生)이 두 권의 낡은 책에 마른 붓 한 자루로 이미 그의 마음과 힘을 다 써버리느라 그의 세월이 모두 지나버렸으니 어느 겨를에 생계를 유지하였으랴, 곧 곤궁함이 반드시 이르기 마련이어서 이미 살림이 넉넉할 수가 없는지라 먼저 아내가 흐느끼고 아이들이 우는 것을 걱정해야 했다. 하물며 요즈음 풍습이 가리지 않고 세도가에 드나드니, 곤궁한 선비가 어떻게 후한 선물을 문생(門生)에게 가지고 가고 두툼한 돈을 축의금으로 드리랴만, 병풍을 만들고 족자를 만들어서 중매에게 주어 나누어 바쳤다. 그리고 고거(考擧: 향시)할 때가 이르면 다시 향시를 근심하며 시름에 잠겨 비분강개하지 않는 날이 없었으니 이미 가련함을 견딜 수가 없었다. 만약 뜻밖에 전란으로 뿔뿔이 헤어지는 시절을 만나게 되면 이는 지극히 애석한 일일 것이다. 하동(河東)이 함락되었을 때, 염치없는 무리들이 의관(衣冠)을 정제(整齊)한 채 오랑캐를 맞이하여 항복한 것은 예의가 이미 땅에 떨어진 것임을 알지 못했으니, 이를 어찌 하랴! 아직도 이런 몇 사람은 남았으니 염치를 소중히 여기거나 명예와 절의를 아끼는

사람으로 '응징하지 않으면 다시 오랑캐의 앞잡이가 될 것이다.'라고
말할 필요도 없을 것이다. 그런데 이런 문사(文士)들로 하여금 굶주리
며 추위에 떨면서 초야에서 죽게 한다면 마음에 편하였겠는가? 온 요
동(遼東)의 선비들은 어리석은 자가 진실로 많았으나 충성스럽고 의로
운 자도 적지 않았으니, 의관(衣冠)을 정제한 채 항복한 자를 제외하고
서 예컨대 구련성(九連城)의 무씨(繆氏) 네 수재(秀才)는 형이 지휘하는
것을 도왔으나 패가망신하고 순국하였으며, 왕 수재(王秀才)는 군사를
이끌고 요양(遼陽)의 포위를 무너뜨리고 탈출하였으며, 바로 모문룡
장군의 부하로 조선(朝鮮)에 가서 구원병을 청하여 요양(遼陽)을 회복
시킨 왕일녕(王一寧)도 있었으며, 계책을 내놓아 우모채(牛毛寨)를 공격
한 갈영정(葛永貞)도 있었다. 또 한 무리가 있었는데, 힘으로 적을 격파
하여 공을 세울 수노 없었고 지략으로 기이한 계책은 내거나 책략을
세울 수도 없었지만, 그러나 충성스럽고 의로운 마음은 넘어지고 자
빠지며 이리저리 떠돌아다녔어도 변하지 않았다. 궁벽한 섬에 몸을
의탁하고 있으면서도 예컨대 동조신(董朝紳) 무리는 수재(秀才)와 함께
섬에서 여러 해를 지내는 동안 200여 명이 모자라지 아니하였다. 그
들이 난민들을 따라 왔을 때는 더벅머리에 맨발인데다 다 해어진 옷에
적삼을 걸치고 몰골이 마른 나뭇가지처럼 비쩍 말랐는데, 입으로 '아
무개 학생(學生), 아무개 학생'이라고 일컬었으나 늠생(廩生: 관비생)인
지 증생(增生: 증원생)인지 부생(附生: 청강생)인지 어느 누가 그들을 믿
겠는가. 그렇지만 모문룡 장군은 이를 유학의 한 명맥으로 생각하고
그들이 안정하도록 어루만지며 지극히 구제하여 매월 은과 쌀을 주었
다. 그 후로도 모여들어 100여 명이 되자, 모문룡 장군이 말했다.

 "제군들은 우리나라의 조정을 잊지 않고 공명을 이루려는 뜻이 있
는 이상 차라리 또한 섬에 있으면서 학업을 익히며 태평성대를 기다리

도록 하라."

철산(鐵山)에 학당(學堂)을 세우고 문묘(文廟)도 지어 그들로 하여금 달마다 문묘 안에서 글을 짓도록 하였다. 이후에 자문(咨文)을 보내어 그들을 산동(山東) 각 부(府)의 부생(附生: 청강생)으로 진학시키려 하였다. 그런데 또 기댈 곳도 없고 동시에 사람들이 직분을 넘어 관원의 권한을 침해한다고 말할까 두려워서 감히 하지 않았는데, 나중에 순무(巡撫)가 일찍이 요동(遼東)의 수재(秀才) 시험문제를 산동성(山東省)의 시험에 동봉하도록 허락했다는 사실을 조사해 알아내고는 모문룡 장군이 그들을 위하여 관례에 따라 사유를 갖추어 제본(題本: 上奏書)을 올리려 하였다. 마침 한림원 편수(翰林院編修) 강왈광(姜曰廣)과 공과 급사중(工科給事中) 왕몽윤(王夢尹)이 조선(朝鮮)에 사신으로 나가서 성지(聖旨)를 받드는 김에 강동(江東: 東江의 오기)을 쭉 훑어보기 위해 사명(使命)을 완수하고 돌아오다가 철산(鐵山)에 이르렀다. 모문룡 장군은 그들과 상견례를 하고 나서 제생(諸生) 중에 힘닿는 대로 실력을 향상시키려 도모한 자에게 사유를 갖추어 제본(題本)를 짓도록 부탁하였다. 두 사신이 말했다.

"이들 수재(秀才)는 배운 책이 없었기 때문에 오직 시험을 통해서만 판별하리로다."

그리고는 다음날 시험을 보겠다고 분부하였다. 이 2,3백 명 중에는 이름을 도용한 생원도 있으니 참되고 올바르지 않았고, 나이 든 노인도 있으니 공명을 세우는데 뜻이 없었으며, 나이가 아직 젊은 사람도 있으니 외지를 떠도는 중이어서 글씨가 변변치 않았다. 확실히 스스로 짐작컨대 능력이 서툴지 않은 자가 약 2,30명쯤이었는데, 모두 강왈광 한림원 편수(翰林院編修)와 왕몽윤 장과 급사중(掌科給事中)을 만났다.

쓸쓸하게도 대부분 비쩍 말라 학과 같고	寥落多如瘦鶴形
쪽빛 적삼은 예전 푸름을 회복치 못했네.	藍衫無復舊時靑
공자는 양식 끊어져 진채에서 곤액 치렀고	絶糧陳蔡阨尼父
관녕은 요동에서 검은 모자만 쓰며 병들었네.	皂帽遼東病管寧

석양빛 뺨에 비치니 패전한 군사들 슬퍼하고	腮曝斜陽悲敗甲
회오리바람에 깃털 꺾여 성긴 날개 탄식하네.	羽摧急颻嘆踈翎
구슬이 잠겨 이미 푸른 바다에 빠진 듯한데	珠沉已擬淪滄海
외진 변방에서 사신을 보니 얼마나 다행이랴.	何幸窮荒見使星

앞으로 나와 절을 올리려 하지만, 대부분 두건은 썼으나 적삼을 입지 않거나 적삼은 입었으나 신발을 신지 않은데다 얼굴은 검게 그을렸고 몰골이 마른 나뭇가지처럼 비쩍 말랐으니, 한 무리의 귀신인가 도깨비인가 의심스러운 사람들이었다. 인사지례를 마시자, 생원들은 불행히 자신이 몸소 병화 당한 것을 자세하게 말했는데, 해안에서 살면서 가정(家丁)이 그래도 두셋 정도 있거나 아니면 혈혈 자기 한 몸이었지만 태종사(太宗師: 孔子)의 가르침으로 진작시키고 양성해주기를 청하면서 눈물을 흘리는 자도 있었다. 강왈광 한림원 편수와 왕몽윤 급사중도 눈물 흘리며 말했다.

"제생(諸生)들은 우리나라의 조정을 잊지 않은 데다 또한 엎어지고 자빠지는 위급한 중에도 학업을 폐하지 않았으니 그 뜻이 갸륵하도다. 우리들이 오늘 그대들의 재주를 시험해보리라. 만약 문리(文理)가 조금이라도 트였다면, 우리들이 그대들을 위해 사유를 갖추어 제본(題本)을 올리리라. 북기(北畿)에 부생(附生)으로 가든 산동(山東)에 부생으로 가든 모두 선발하리로다."

수재(秀才)들이 말했다.

"단지 저희들은 원래 변방의 변변치 못한 사람인데다 또한 경전(經
典)에 소홀하여 태종사(太宗師: 공자)의 위대한 가르침을 감당하지 못할
까 두렵사옵니다."

이때 모문룡 장군은 이미 사람을 시켜 종이와 붓을 준비하여 제생
(諸生)들에게 주게 하니, 강왈광 한림원 편수가 시험 문제를 내었는데,
제목은 이러하다.

> 「평소에는 몸가짐을 공손히 하고, 공무를 맡으면 신중히 하며, 남과의 사
> 귐은 정성스레 해야 하나니, 비록 오랑캐의 땅에 간다 하더라도 결코 버려서
> 는 안 되느니라.(居處恭, 執事敬, 與人忠, 雖之夷狄, 不可棄也.)」

짓게 한 지 반나절이 되자, 잇달아 와서 답안을 바쳤다. 그 가운데
몇 명은 오래된 저작물의 몇 구절을 쓴 것도 있었고, 몇 명은 속되지
않은 글의 몇 구절을 직접 쓴 것도 있었다. 그 속에는 동조신(董朝紳)의
무리가 있었으니 모두 10여 명이었는데, 글은 생각한 이치가 풍부히
있고, 써 내려간 글씨는 또한 더 시원하여 속기가 없었다. 강왈광 한
림원 편수(翰林院編修)와 왕몽윤 장과 급사중(掌科給事中)이 보고나서 말
했다.

"타지를 떠도는 무리들 중에 이런 사람들이 있을 줄 생각지도 못했
소이다!"

답안을 가지고 와서 채점하고는 한차례 포상하였다. 모문룡 장군이
또 사람을 시켜 축하금을 보내니, 두 사신이 가져와서 나누어 따로 상
을 주었다.

소금수레 끌려다 지쳐 땀이 나고	欲落鹽車淚
부질없이 마구간 안에서 우니네.	空爲櫪內鳴
뜻하지 않게 백락을 만나고 나니	偶然逢伯樂
만 리를 흔쾌히 거리낌없이 달리네.	萬里快橫行

또 바다의 상황을 순시하였는데, 동강(東江)의 병마(兵馬)가 강한지 약한지, 돈과 군량이 가득한지 떨어졌는지, 군량에 충당토록 한 토지가 어떠한지 등과 같은 것들이었다. 각 항목의 순시가 끝나자, 철산(鐵山)에서 바다를 거쳐 북경(北京)에 도착해 복명(復命)하였다. 일찍이 황제의 명을 받들어 가는 김에 상세히 순시하는 일을 마치고 해외 사정을 삼가 진술한 제본(題本: 上奏書)에서 요동의 선비에 관한 한 조목을 아뢰었다.

"산농(山東)과 같은 내지(內地)는 이미 과거 시험장에 들어가 규제하자를 등용하여 뛰어난 재능을 보이도록 허용했지만, 해외의 제생(諸生)들은 그대로 끝내 바다의 외진 구석에 갇혀 그 구석을 끌어않고서 슬피 울도록 내버려두어서는 안 될 것이옵니다."

이미 사신들이 사유를 갖추어 제본(題本)을 올렸지만, 모문룡 장군도 사유를 갖추어 제본을 올렸으니, 이러하다.

평요 총병(平遼總兵) 모문룡은 요동의 선비들이 재난을 만나서도 학문을 힘쓰도록 하는 일에 대해 상소하나이다.

한탄스럽게도 삼한(三韓)이 함락되면서부터 견양(犬羊) 같은 오랑캐의 땅이 되었는데, 무슨 선비이고 무슨 백성이겠사옵니까? 신(臣)이 진강(鎭江)에서 한 번 승리하고 나서 군대를 조선(朝鮮) 땅에 주둔하였사온데, 충성(忠誠)으로써 부르고 도의(道義)로써 어루만지니 귀순한 백성들이 날로는 100명을 헤아리고 달로는 천 명을 헤아리도록 줄줄이 왔사옵니다.

까까머리에 맨발인 무리 사이에서 스스로 아무개 수재(秀才)라고 일컬을 때마다 눈물을 줄줄 흘리지 않은 적이 없는데, 유생(儒生) 무리의 낭패스러움이 이처럼 그지없는 지경에 이르렀으니 슬펐사옵니다. 신(臣)이 종종 그들에게 의관(衣冠)을 주고 물자를 주어 반드시 안착시키고자 했사옵니다. 소직(小職)은 천계(天啓) 3년(1623) 4월 사이에 이미 교화를 따르도록 하여 오랑캐를 변화시킬 수 있는 일을 추켜들고 부원(部院: 한림원 편수 강왈광)과 과도(科道: 급사중 왕몽윤)에게 두루 알렸습니다. 그 뒤에 차차로 소문을 듣고 찾아오는 자들의 발길이 이어져 수년 동안 2,3백 명 이하로 떨어지지 않았는데, 또한 의관과 물자를 처음과 똑같이 지급했습니다. 오래지 않아 또 문묘(文廟)를 세워 임시로 학정(學政)을 두고서 관리하도록 하였는데, 음력 초하루와 보름날이면 문묘에 참배하고 황궁을 향해 절하도록 하니 많은 사람들의 의관(衣冠)이 단정하였고 공손한데다 엄숙하였습니다. 대저 제생(諸生)들은 이와 같이 떠도느라 엎어지고 자빠지며 들판에 살면서 짧은 털옷조차 갖추지 못하고 콩밥조차 배불리 먹기 어려운 때에도 여전히 평소의 뜻을 굽히지 않고 항상 학업을 폐하지 않아서 '예를 따라 의를 위해 죽음도 마다하지 않고 공손히 읍양(揖讓)하는 예절'을 아침저녁으로 읊조렸으니, 바로 이른바 일정한 생업이 없으면서도 바른 마음을 가질 수 있는 자라 할 수 있는데 오직 선비만이 가능할 뿐입니다.

이전에 책사(冊使: 책봉 조서 받든 사신)가 철산(鐵山)에서 군대를 순시하였을 때, 제생(諸生)들이 서로 이끌고 달려가서 맞이하여 자신들의 간절한 뜻을 애걸하듯 말하며 밝게 시험해주기를 청하였습니다. 순시하던 사신들이 슬픔을 이기지 못하고 또한 기쁨을 이기지 못하여 과정(課程)에 따라 문예(文藝)로써 일일이 제생들을 평가하기로 하면서 칭찬이 자자하여 승낙하는 것은 차치하고 이루다 수습하지 못할 지경이었습니다. 신(臣)은 무변(武弁: 武官)이지만 제법 글 지을 줄 아는지라, 북쪽 땅의 먼지가 심하게 일어났어도 더욱이 예교의 문화[人文]를 꾀한 것은 국운의 쇠퇴와 융성이 완전히 사기(士氣: 선비의 기개)에 힘입는 것을 간절히 헤아렸던 것입니다.

사기(士氣)가 펼쳐지면 신기(神氣: 만물을 만들어내는 元氣)가 진작되고,

신기(神氣)가 진작되면 문명(文明)이 성대하나니, 국운이 번창하면 나라의 명맥이 길어질 것입니다. 더군다나 우리 태조 고황제(太祖高皇帝: 朱元璋)께서 과거제를 설치하고 어진 인재들을 등용한 지 200여 년이었지만 하루처럼 변함이 없었으니, 이 때문에 비록 강토에 변고가 많았어도 문운(文運)이 크게 떨쳤사옵니다. 그래서 선비의 명맥을 유지한 영령은 비록 환난이 극심해도 초심 변치 않고서 국사에 종사하는데 더욱 간절하였습니다. 소직(小職)처럼 우둔해도 오히려 정처 없이 떠도는 중에서 요동(遼東) 땅을 공격하여 빼앗아야함을 알았으니, 요동의 선비들은 실로 귀천에 구애 받지 않고 덕 있는 자를 기용할 날이 있기를 바라는 마음이 절실합니다.

지금 황상께서 성스럽게 황위(皇位)에 오르시어 면관된 이를 기용하시고 은둔한 이를 불러들이시자, 거의 초야에는 명망이 높은 사람이 묻혀 있지 않고 조정에는 현명한 임금과 어진 신하가 있다고 칭해지니 어렴풋 사람들이 구름처럼 몰려서 노래하는 듯하옵고, 무성한 쑥과 같이 많은 인재를 육성하고 교화하시니 주(周)나라 문왕(文王)의 훌륭한 성지와 짝하는 듯하옵니다. 유독 요동의 선비들만이 귀순한 지 여러 해가 지났지만 이역(異域)에서 벼슬에 등용되지 못하고 틀어박혀 있는데도 한 번 선발되는 은전(恩典)을 받아 상국(上國)에 가서 관광을 못하게 되니, 이것은 진실로 요동(遼東)의 선비들이 참으로 슬퍼할 만한 일이고 또한 성스러운 시대의 은전에 흠결이옵니다. 소직(小職)이 조사해보오니, 천계(天啓) 5년(1625)에 요동 순무(遼東巡撫) 유안성(兪安性)이 요동의 선비들을 복권하여 먼저 인심을 거두려는 상소가 있었는데, 황상의 명을 따라 그의 상주문(上奏文)을 유시(諭示)하여 이미 요동의 선비들로 하여금 북직예(北直隸) 등지에서 과거 시험을 치르게 한 사례가 벌써 있었습니다. 엎드려 바라건대, 황상께서는 어진 덕으로 똑같이 보셔서 광활한 온 세상과 요동의 선비들이 잇따라 성(省)에 가 과거를 보도록 허락하시어 산동(山東)에 부생(附生)으로든지 북경(北京)에서든지 동등하게 응시토록 해주옵소서.

예로부터 영웅은 곤궁하여 좌절한 뒤에서야 항상 그 마음을 분발시키고 그 성격을 강인하게 하여 끝내 백절불굴의 골격을 이루고 오랜 세월 동안 유례없는 공훈을 만들어내니, 이것이 떳떳한 이치로 분명코 어긋남이 없는 것이옵니다. 소직(小職)이 그런 까닭에 궁벽한 외딴 변경 사이에서 이미 풀을 뜯어먹고 섶나무 위에 누워서는 절박하게 유자(儒者)들을 돌보았으니 실로 사기(士氣: 선비의 기개)를 국가의 참 명맥으로 삼은 것이었고 또한 예의로 방패를 삼지 못하게 하고 적을 금지하고 막는 것이 다 염파(廉頗)와 이목(李牧)은 아니라고 하는 것이 어디에 있겠사옵니까? 그러므로 요동의 선비들에게 과거를 허락하지 않으면 아니 되고 어느 성(省)으로 할 것인지 정하지 않으면 아니 되옵니다. 소직(小職)이 비록 보잘것없는 무관일망정 삼가 엄한 형벌을 피하지 않고 무릅쓰며 주제넘게 나서서 남의 일을 대신하였지만, 그것 역시 공자와 맹자의 신명(神明)이 소직(小職)의 마음에 다급하게 하여 우러러 성상을 번거롭게 하옵니다.

황제의 명을 받드니, 이러하다.

"상주서(上奏書)에 의거하면, 요동의 선비를 발탁하는 것도 또한 오랑캐를 변화시키는 은미한 권도이며 문물을 같이 하는 바른 의론이다. 과거를 시행하는 지역[省地]은 예부(禮部)에서 의논하고 와서 말하라."

이에 따라서 예부(禮部)를 거쳐 7일에 회답하였다.

또 황제의 명을 받드니, 이러하다.

"상주서(上奏書)를 살펴보니, 요동의 선비가 다시 요동 땅으로 돌아가면 순천부시(順天府試)에 나아가 크게 인재를 뽑아 불러 모우는 뜻을 덧붙이도록 하라. 다만 가을 시험[秋試]이 매우 가까운데, 선비들이 등주(登州)와 내주(萊州)에서 산을 넘고 물을 건너서 요동으로 돌아가게 하면, 길이 멀어서 시험 보는 것이 막히니 도리어 선비들의 소망을 저버리는 것이로다. 우선 갑자년(1624)의 사례를 비추어 1명을 산동성(山東省)에 급제시키고, 경오년(1630) 가을이 끝나기를 기다렸다가 순천부(順天府) 소속으로 모두 4명을 급제시키도록 하고, 산해관 밖의 요동

선비에게 영전도(寧前道)의 과거시험에 응시하게 하든지 적당하고 편
리한 대로 하게 하라. 사례를 모우고 헌납(獻納)으로 감독하되, 잠시
인장을 가지고 마무리 짓고 자문(咨文)으로 고시(考試)를 감독하면서
다시 문장에 쓴 원적(原籍)을 검사 확정한 뒤에 비로소 실직(實職)을 역
임하도록 하라. 모두 해부(該部)에서 의논하여 행하는 대로 하라."

황상의 명이 내려지니, 모문룡 장군은 즉시 섬 안에 있던 동조신(董
朝紳)의 무리들에게 여비와 옷과 양식을 죄다 주어 산동성(山東省)의 과
거 시험에 가도록 보냈다. 이들 선비는 오랫동안 공명에 뜻을 접고 있
다가 이날 다시 과거 시험을 볼 수 있게 되자, 추제(鄒齊)지역의 유생
들과 나란히 앞서거니 뒤서거니 달리니, 요동의 백성들을 진정시켰을
뿐만 아니라 다시금 요동의 선비들도 만족시킬 수 있었다.

급한 물살이 신룡을 치고	急浪鼓神龍
산들 바람이 대붕을 빌리네.	輕風借大鵬
장맛비에 천하가 소생되고	爲霖蘇宇內
날개 펼쳐 창공이 가리네.	振翮掩蒼空

원래부터 문사(文士)들이 무신(武臣)들을 종 다루듯 박대하고 무인(武
人)들은 문사를 원수처럼 보았는데, 뜻밖에도 문사에게 이와 같이 사
랑을 쏟는 자가 있으니 국가의 원기를 양성한 것이 많다 할 것이다.
안 그러면 오로지 군사들은 요동의 백성을 어루만지는 데만 급급할
뿐 다시 이들에게 주의를 기울이지 않았을 것이니, 많은 선비들이 적
에 의해 사용되도록 방치하는 것에 가깝지 않으랴!

원문과 주석

遼海丹忠錄 卷六

요해단충록 6

第二十六回 建重關朱張死節 遏歸虜茂春立功

雄心志遠圖, 設險扼狂胡。
奮錘忘勞止, 干揫[1]痛切膚。

忠名垂宇宙, 熱血灑平蕪[2]。
死節思張許[3], 知君甚不殊。

人生世間, 死歸生寄[4], 那免得一死? 但爲國而死, 骨碎而名完, 身往而名在, 這一死也不徒然。所謂'人生自古誰無死, 留取丹心照汗靑.'[5] 張都司

---

1 干揫(간추): 밤에 순찰을 돌면서 범법자를 체포하는 것.

2 熱血灑平蕪(열혈쇄평무): 杜甫의 〈畫鷹〉에 "어찌해야 뭇 새들 때려잡아, 털과 피를 거친 들판에 뿌릴까.(何當擊凡鳥, 毛血灑平蕪.)"는 구절을 활용한 표현.

3 張許(장허): 당나라의 장수 張巡과 許遠을 함께 일컫는 말. 張巡과 許遠은 玄宗 때 安祿山의 반란이 일어나자 함께 군사를 일으켜 睢陽城을 지켰는데, 포위된 지 수개월이 지나 양식이 떨어져 참새·쥐 등을 먹고 견디다가 결국 함락되어 피살되었다.

4 死歸生寄(사귀생기): 삶은 머무르는 것이요, 죽음은 돌아가는 것이다는 말. 사람이 이 세상에 사는 것은 잠깐 동안 머물러 있음에 지나지 않는 것이고, 죽는 것은 본향으로 되돌아가는 것이라는 것을 비유하는 말이다. 《淮南子》〈精神訓〉에 夏나라의 禹임금이 제후들과 함께 회식을 마치고 강을 건너려는 순간, 갑자기 황룡이 배를 등에 지고 물 위에 올리자 배에 타고 있던 사람들이 모두 두려워하자, "우임금이 하늘을 우러러 탄식하면서, '나는 하늘로부터 명을 받아 백성들을 위해 온 힘을 다했다. 삶은 붙어사는 것이며 죽음은 돌아가는 것이라 하였으니, 내 어찌 용을 두려워하랴.' 말하고는 용을 도마뱀 보듯 하며 얼굴빛 하나 변하지 않았다. 잠시 후, 용은 머리를 수그리고 꼬리를 아래로 떨어뜨리고 가 버렸다.(禹仰天嘆曰: '吾受命於天, 竭力以勞萬民. 生寄也, 死歸也, 余何憂於龍焉.' 視龍猶蝘蜓, 顔色不變. 須臾, 龍俯首低尾而逝.)"에서 나오는 말이다.

5 人生自古誰無死, 留取丹心照汗靑(인생자고수무사, 유취단심조한청): 송나라 文天祥의 〈過零丁洋〉에서 나오는 말. 문천상이 元軍과 결전을 벌이다 囹圄의 몸이 되었는데, 원나라 황제 世祖가 中書宰相이란 고위직을 제의하며 투항을 권유했지만 내가 할 일을 다 하였다고 하면서 늠연하게 죽음을 택했을 때 자신의 심정을 담은 노래이다.

盤[6], 他駐兵旅順[7], 東連皮島[8]・鐵山[9], 西接天津[10], 南又通着登萊[11], 以長行島[12]・三山島[13]爲輔, 儼然[14]是箇雄鎭。 況且他有膽有智, 故今日復金州, 明日復復州, 達虜, 復爲他敗去, 都是以寡敵衆。 他道: '這也是倖勝, 不是常勝之略。 要做一箇步步戰守光景.' 看得旅順形如鵞項, 三面濱海, 獨北面一路, 與金復相通, 闊不過十里, 他意待將此十里, 掘成大河。 環以海水, 只是四面皆海, 新掘河處, 立幾箇屯堡[15], 阻虜騎不得渡河。 這方地大有一百三十里, 將來屯牧[16], 以養軍士。 軍力足, 便可乘機渡河, 以次扼金復險要, 窺取海蓋地方。 但掘河十里, 更築屯堡, 這工費也得數萬, 一時未備, 止在那廂相度指點。 事不曾做得, 奴酋奸細已是報到遼陽, 奴酋與衆叛將計議道: "張盤他根脚[17]未定, 嘗時擾我金復地方, 如今旅順有了城, 又有這大河隔斷, 他在裡邊屯田[18]聚兵, 他嘗得潛師[19]擾我, 我不能嘗嘗防他。

6　張都司盤(장도사반): 都司 張盤. 명나라 말기 將領. 遼陽 사람. 모문룡의 부하 장수가 되어 鎭江을 회복하였고, 東江에 진영이 설치된 후에는 旅順을 지키며 방어전투에서 후금 군을 물리치고 復州, 金州, 南關도 회복하였다. 1625년 南關 전투에서 적과 혈전을 벌였으나 내부의 반란으로 함정에 빠져 용감하게 싸우다 전사하였다.

7　旅順(여순): 중국 遼寧省 요동반도의 남서단에 있는 항구도시.

8　皮島(피도): 조선에서는 椵島라고 부름. 평안북도 鐵山郡 雲山面에 속하는 섬이다. 모문룡은 雲從島라 부르기도 하였다.

9　鐵山(철산): 평안북도 서쪽 끝에 있는 지명.

10　天津(천진): 중국 河北省 동부에 있는 지명.

11　登萊(등래): 登州와 萊州의 합칭어. 登州는 중국 山東省에 있는 지명이고, 山東省 煙台에 있는 지명이다.

12　長行島(장행도): 중국 遼寧省 요동반도 남단부 大連市 동쪽에 있는 섬.

13　三山島(삼산도): 중국 山東省 萊州에 섬. 亭子山과 平島의 사이에 있다.

14　儼然(엄연): 흡사 ~과 같음.

15　屯堡(둔보): 군대가 주둔한 곳. 주둔지.

16　屯牧(둔목): 군대를 주둔시켜 진을 치고 있으면서 백성들을 먹여 살리는 것을 말함.

17　根脚(근각): 토대. 기초.

18　屯田(둔전): 아직 개간하지 않은 땅을 개척하여 경작하게 하고 여기에서 나오는 수확물의 일부를 지방 관청의 경비나 군대의 양식으로 쓰도록 한 밭. 군량을 현지에서 조달함으로써 군량운반의 수고를 덜고 국방을 충실히 수행하기 위한 것이다.

19　潛師(잠사): 비밀리에 군대를 움직임. 비밀리에 행군함.

莫說金復地方, 便遼陽海蓋, 也不能安枕了。這須用計除他, 除得張盤, 其
餘將官也不怕他了." 密密[20]差奸細緝訪[21], 要害張盤。

這邊張都司, 因河一時不能成, 待要[22]另尋一箇險阻, 爲旅順的要害。看
得南關嶺, 這地方是一箇要路, 若這所在立了一關, 虜人不敢仰攻[23], 我兵
可以乘高而下, 會同長行島守將朱國昌・三山島守將曾有功, 相度, 在嶺
上立關, 分兵屯守。又計議道: "地去金復不遠, 奴酋必竟要發兵來攪我。
這須合兩島人來建造, 不一二日可成, 奴酋知道來爭時, 我這關已完了."
計定在三月二十三日。張都司回旅順, 分付備了畚鍤之類, 曾有功先期在
地方備辦木石。只見這日曾有功差一箇人來, 道: "老爺擇定二十三日寅
時破土[24], 請爺早至." 張都司又約會了朱國昌, 帶了歸順遼民, 并部下兵
馬糗糧[25]版築[26]之類, 期于一築便完, 一齊向南關嶺來。這也只是做工而
來, 也不多帶火器器械, 兩箇將官, 也是冠帶[27]。一到, 問曾爺, 道: "還未曾
來." 張都司道: "怎這樣慢事!" 兩箇便在嶺上暫坐。正商量工程規劃, 只
聽得嶺下四圍喊聲大振, 前後左右擺滿是韃兵。兩箇忙換了披掛[28], 刀的
刀, 鎗的鎗, 來殺達子[29]。這些做工的百姓, 先一哄逃了。朱・張兩箇率領
部下, 在嶺上死戰, 朱都司拒住嶺北, 張都司拒住嶺南。爭奈手下都不曾
帶出戰的心, 又都這一喊驚壞了, 都不能力戰, 早嶺上樹木中又鑽出許多

20 密密(밀밀): 빈틈없이.
21 緝訪(집방): 여기 저기 수소문하여 조사함. 수색함.
22 待要(대요): ~하려고 함. ~할 생각임.
23 仰攻(앙공): 낮은 곳에서 높은 곳으로 공격함.
24 破土(파토): 첫 삽을 뜸.
25 糗糧(후량): 마른 식량.
26 版築(판축): 흙을 다질 때 양쪽에 대던 판자와 사용하던 방망이 같은 도구. 곧 흙일
도구를 뜻한다.
27 冠帶(관대): 벼슬아치. 또는 관복.
28 披掛(피괘): 군장을 함. 몸에 걸침. 갑옷.
29 達子(달자): 《요해단충록》 5권까지는 주로 韃子로 표기되어 있는바, 번역문에 韃子로
통일함.

達子, 把兩箇箇人隔做兩處。朱都司道: "奴賊! 好好³⁰退兵, 饒你箇死!" 把
刀劈臉³¹砍去, 再砍不開, 部下又已逃散, 眞是孤掌難鳴。待擧刀自刎, 他
的刀遲, 達子刀來得快, 已被砍死。

報國苦無身, 詈賊徒有舌。
悲風南嶺頭, 猶似聲凄咽。

這邊張都司一條鎗, 神出鬼沒³², 不是鎗尖挑人, 便是鎗桿打人, 迎着的
都紛紛落馬。待要自嶺上沖一條路, 且回旅順, 怎奈部下逃亡都盡。達兵
知他是箇將官, 越圍攏³³。待望曾有功, 或者³⁴有兵可以救, 又沒得至。勢
甚孤危, 越發使起性來, 亂搠。忽然一夷將攔路, 就挺起鎗, 盡力一搠, 那
夷將一閃, 搠了箇空, 正待再擧鎗時, 早被一箇達子飛馬來扯住鎗桿。張
都司急短刀去砍, 那夷將又已趕來, 攔腰³⁵一把, 扯住。張都司情急³⁶撒鎗,
就把刀砍這夷將時, 那達子又撲來一拽, 勢重得緊, 三箇都跌下馬。張都
司還將刀亂砍, 夷將也帶了傷, 無奈³⁷身畔無人, 達子衆多, 被他一擁拿
了。後來因不肯降, 被奴兵支解³⁸而死。可怜這張都司, 在鎭江³⁹車輦⁴⁰從

---

30 好好(호호): 얌전하게. 고분고분. 제대로.

31 劈臉(벽검): 정면으로. 맞바로.

32 神出鬼沒(신출귀몰): 귀신처럼 감쪽같이 나타났다 사라지곤 함. 날쌔게 나타났다 숨
었다 하는 모양을 이르는 말이다.

33 圍攏(위롱): 에워쌈. 주위에 모여듦. 빙 둘러쌈.

34 或者(혹자): 어쩌면.

35 攔腰(난요): 허리를 끌어안음.

36 情急(정급): 마음이 조급함. 다급함.

37 無奈(무내): 어찌 할 도리가 없음. 그렇지만. 유감스럽게도.

38 支解(지해): 팔과 다리를 찢어 죽이는 형벌.

39 鎭江(진강): 鎭江堡. 중국 遼寧省 丹東의 북동쪽에 있는 요새지.

40 車輦(거련): 한양과 의주를 연결하는 義州路에 있는 車輦驛을 가리킴. 평안북도 철산
군 북쪽에 위치하였다. 모문룡이 후금의 배후를 공격하자, 모문룡의 군대와 후금군은 宣
州, 晏庭, 車輦, 의주 등지에서 수차례의 전투를 벌였다.

毛帥, 同甘苦, 歷有戰功, 又爲朝廷恢復金復二州, 今日死于非命!

　　吾體可瓦裂, 吾身[41]不可分。
　　平胡有遺恨, 亘亘欲凌雲。

　　奴兵既擒了張都司, 知道旅順沒了主將, 就一齊殺向旅順來。此時旅順是張都司兄弟張國威把守。見百姓逃回, 說奴兵在南關嶺圍住張都司, 便要起兵來救, 爭奈城中無兵? 到後敗兵逃回, 道張都司被拿, 達兵將來, 勸他入島, 張國威道: "我弟兄以身許國, 兄既被害, 我豈獨生!" 督軍民上城守禦, 軍民已逃去一半。及至奴兵來至, 折城而入, 張國威獨當城壞處, 奮力砍殺, 也砍死許多達子, 終是不能敵衆, 爲他所害。

　　戰血急雨飛, 軍聲海濤沸。
　　報國有同心, 允不愧同氣。

　　達兵進了城, 道是洗城[42], 將老弱盡行屠戮, 只留婦女, 精壯男子着他搬駞擄掠之物, 將旅順掃箇一空[43]回軍, 把張都司向來竭力恢復‧竭力營守的地方, 人與地俱喪了。若使當日開河戍守, 或不至失陷也有之。

　　險失地俱失, 人亡城亦亡。

　　一邊飛報毛帥, 毛帥卽檄曾有功‧張繼善, 督水兵應援, 一邊差遊擊林茂春, 自龍王堂登岸, 斷他歸路, 南北交攻。林遊擊得令, 竟取路登陸, 直至南關嶺。只見地上橫有尸首, 殘血猶凝在草木上, 林茂春不勝感傷。着

41　身(신): 心의 오기.
42　洗城(세성): 성을 피로 씻어냄. 온 도시의 주민을 몰살시킨다는 말이다.
43　一空(일공): 텅 비어 아무 것도 없음.

人打聽消息, 道: "奴兵已破旅順, 將回." 此時林茂春便將部下分作兩支,
道: "達賊騎馬, 只利平地, 不利山險. 如今分兵作二處, 伏于嶺側, 但看他
軍過一半, 便放火砲, 一支兵趕殺他下嶺人馬, 一支兵攔住他上嶺人馬.
使他首尾不能相應, 可以取勝." 不及一日, 只見達兵來了, 也不分箇隊伍,
也有攜囊的, 也有挈籠的. 驅率着些百姓婦女, 哭哭啼啼[44]相隨, 還趕着些
牛羊犬馬, 已是聞得張繼善有兵來, 急急起行[45]的. 到得南關嶺, 過嶺將有
一大半, 一聲炮響, 林茂春領兵殺出. 下得嶺的, 已是沒命[46]跑了, 這邊兵
隨勢殺下追趕, 將他驅掠的子女貨物, 盡行奪下. 不曾上嶺的, 林茂春乘
高冲來, 當先的砍了幾箇, 其餘韃子都亂跑, 都從僻處[47]扒出, 度嶺逃生,
哪裡還顧得擄掠的人畜金帛. 這些百姓也乘機逃回, 牛羊金帛, 都爲軍士
收得. 計斬首一百餘級, 奪下器械五百餘件, 救回男婦二千餘人, 牛羊犬
馬一千餘頭.

　　炮起中堅[48]虜騎驚, 中原婦女各逃生.
　　爲言將略應無敵, 莫向金州塞上行.

　林遊擊殺散虜騎, 將南關嶺戰死軍士, 盡皆埋葬, 仍帶領百姓回旅順安
插[49]. 不料到旅順時, 曾有功先時聞得達子勢大, 不敢來, 打聽達子去了,
領了部下, 將奴兵丟下沒用器械, 都收了, 要報做追趕奪獲的, 把躲得過,
與逃回的百姓, 都擄了, 要報做救回的, 都帶入三山島. 旅順搬得一空, 雞
犬皆無. 是這地經了一番夷衳, 又經一番兵禍了.

---

44 哭哭啼啼(곡곡제제): 하염없이 훌쩍이며 우는 모양.
45 起行(기행): 출발함. 길을 나섬.
46 沒命(몰명): 목숨을 겲. 모든 것을 무릅씀.
47 僻處(벽처): 아주 외진 곳. 외딴 곳. 궁벽한 곳.
48 中堅(중견): 中軍. 軍事에서 中軍將은 가장 높아 한가운데에 자리를 잡고서 견고하고
예리한 무기로 자신을 보위하기 때문에 中堅이라고 부른다.
49 安插(안삽): 알맞은 위치에 배정함. 안착시킴.

莫言義旅雲霓[50]似, 共道王師水火深[51]。

林遊擊見了光景, 欲待棄去, 怕失了地險, 只得[52]將百姓暫行安揷, 移文毛帥, 請添兵餉, 把守這地方, 再行議挑河, 永爲戰守常策。

張盤金州死節, 人猶有訾爲貪功生事, 噫, 誰復任事哉! 甚矣, 議論之口, 能束英雄之手。

張盤自是可惜人。膽而智, 不死固又一文龍也。奈旅順可再得, 張盤不可復生何!

---

50 雲霓(운예): 구름과 무지개. 《孟子》〈梁惠王章句 下〉의 "백성들이 고대하기를 큰 가뭄에 운예를 고대하듯 하였다.(民望之, 若大旱之望雲霓也.)"에서 나오는 말이다.

51 王師水火深(왕사수화심): 《孟子》〈梁惠王章句 下〉의 "만승의 제나라로 만승의 연나라를 공격하는데, 연나라 백성들이 대바구니에 밥을 담고 병에 물을 담아 왕의 군대를 환영한 것은 어찌 딴 이유겠는가? 물과 불을 피하기 위해서이다. 그런데 만약 물이 더욱 깊고 불이 더욱 뜨겁다면 또한 민심은 또 다른 곳으로 옮겨갈 뿐이다.(以萬乘之國 伐萬乘之國 簞食壺漿 以迎王師 豈有他哉 避(水火)也 如水益深 如火益熱 亦運而已矣.)"라고 한 데서 활용한 표현.

52 只得(지득): 할 수 없이.

第二十七回 聖眷隆貂瑭遠使 朝鮮封脣齒勢成

節使[1]泛星槎[2], 乘風破碧波。
詔馳山岳重, 恩錫[3]海濤多。

感切頻看劍, 啣恩亞枕戈[4]。
誓交淸朔漠[5], 鐃鼓奏淸歌。

　　昔晉劉弘[6]恩威素著, 人道: '得劉公一紙書, 勝十部從事[7].' 況天子詔書,
不令人感恩欲死麼! 是一紙書柔英雄之逸志, 固千里之封疆, 以虛名而收

1　節使(절사): 聖節使. 조선시대 중국의 황제·황후의 생일을 축하하기 위하여 파견하던
使臣이다. 임시사행이 아니고 해마다 3번씩 정기적으로 하는 正朝使, 冬至使와 함께 三節
使라고도 하고, 또 三節兼年貢使라고도 하였다. 사신의 구성 인원은 正使·副使·書狀官
각 1원, 代通官 3원, 護貢官 24원 등이고, 從人은 일반적으로 250명 정도였다.

2　星槎(성사): 외국에 보내는 사신이 타고 가는 배. 원래는 은하수를 왕래하는 뗏목이라
는 말이다.

3　恩錫(은석): 은혜를 내림.

4　枕戈(침융): 창을 머리에 베고 잠든다는 말로, 기필코 적을 섬멸하려는 굳은 의지를
비유하는 말. 東晉의 劉琨이 친구인 祖逖과 함께 北伐을 하여 중원을 회복할 뜻을 지니고
있었는데, 조적이 먼저 기용되었다는 말을 듣자 "내가 창을 머리에 베고 아침을 기다리면
서 항상 오랑캐 섬멸할 날만을 기다려 왔는데, 늘 마음에 걸린 것은 나의 벗 조적이 나보
다 먼저 채찍을 잡고 중원으로 치달리지 않을까 하는 점이었다.(吾枕戈待旦, 志梟逆虜,
常恐祖生先吾著鞭耳.)"라고 말한 고사가 전한다.

5　朔漠(삭막): 중국 북방의 사막 지대. 지금의 고비사막을 말하는데, 흔히 북방 지역을
뜻하는 말로 쓰였다.

6　劉弘(유홍): 晉나라 惠帝 때 荊州刺史. 정사를 처리하면서 늘 친필로 郡國에 글을 내
리는데 그 글이 은근하고 간곡하여 모두 감격했으며, 누구나 말하기를 '유공의 한 장 글월
을 얻는 것이 십부종사보다 더 낫다.(得劉弘一紙之書, 賢於十部從事.)' 했다.

7　十部從事(십부종사): 十部는 열 부분, 從事는 從事官, 곧 보좌하는 벼슬아치를 말하
니, 보좌하는 벼슬아치가 많음을 일컫는 말.

實績, 自是[8]朝廷要著[9]。朝鮮一節, 朝廷自度不能勤兵于遠, 姑把這事權與了毛帥, 以固他唇齒[10]。先經[11]行毛帥確查, 取他會議, 着李綜[12]暫行國王事, 以俟朝命。蓋遽然與他, 恐埋沒了李暉[13]忠順, 無以泯地下之心[14], 且令夷狄笑天朝爲可欺; 若經毛帥查後申請, 畢竟不與, 覺得[15]毛帥之申請, 不能行于朝廷, 則又令夷狄笑毛帥爲贅員, 他威令不行于朝鮮, 朝鮮捍衛他也不力。行查[16]後, 卽覆一本冊立[17], 朝[18]盛典, 聯屬國, 以固外藩[19], 以收內效[20]。事[21]後, 那朝鮮國王詔冊冕服[22], 着照例頒賜, 差遣各員, 詳議具奏。後邊差了一箇司禮監[23]太監王敏政[24], 忠勇營御馬監太監胡良輔, 齎

8　自是(자시): 당연히.

9　要著(요저): 중요한 수단.

10　唇齒(순치): 입술과 이와 같이 밀접한 이해관계가 있는 사이.

11　先經(선경): 經先. 차례를 건너뛰어 앞지름. 지레.

12　李綜(이종): 조선 제16대 왕 仁祖(1595~1649)의 본명인 李倧의 오기. 宣祖의 손자이고 아버지는 定遠君(1580~1619), 어머니는 仁獻王后(1578~1626)이며, 妃는 韓浚謙의 딸 仁烈王后, 繼妃는 趙昌元의 딸 莊烈王后이다. 1607년 綾陽都正에 봉해졌다가 후에 綾陽君으로 진봉되었다. 광해군 때의 중립정책을 지양하고 反金親明 정책을 썼다.

13　李暉(이휘): 조선 제15대 왕 光海君(1575~1641)의 본명인 李琿의 오기. 宣祖의 둘째 아들로 어머니는 恭嬪金氏이며, 妃는 판윤 柳自新의 딸이다. 임진왜란 이후 부국강병의 기틀을 다졌다. 하지만 仁祖反正으로 폐위되었다.

14　地下之心(지하지심): 臣下之心의 오기인 듯.

15　覺得(교득): ~라고 여김. ~라고 생각함.

16　行查(행사): 자세히 살펴보거나 밝힘.

17　冊立(책립): 황제의 명으로 책봉하던 일.

18　朝(조): 집행함. 정사를 폄.

19　外藩(외번): 屬地. 봉토를 가지고 있는 제후나 왕의 영지.

20　內效(내효): 심복이 되는 것.

21　事(사): 지칭하는 앞의 일은 《朝天航海錄》권1의 12월 23일조 나옴. 조천항해록은 洪翼漢이 1624년 성절 겸 동지사의 서장관으로서 명나라에 다녀온 사행일록이다. 仁祖의 책봉은 명나라 熹宗이 1625년 1월 毛文龍에게 칙유를 보내 "仁祖의 책봉을 허락한. 속히 이 사실을 조선에 전하고 조선군과 협력해 後金을 정벌하라."고 명함으로써 일단락되었다.

22　冕服(면복): 임금의 정복인 곤룡포와 면류관을 이르던 말.

23　司禮監(사례감): 중국 명나라 때 환관의 최고 관청. 환관은 본래 이부의 관할하에 있었는데, 영락제 때부터 사례감이 환관을 관할하게 되었다.

捧了冊立李綜爲朝鮮國王的詔書·敕諭·冕旒衰服, 前往朝鮮。聖上又軫
念[25]毛帥偏師[26]海上, 搗虛扼吭[27], 歷有勛勞, 部下將士, 東西討擊, 效力特
甚, 不可不鼓舞他。況請餉請糧, 嘗是不給, 所以各有賞齎。

兩箇太監領了敕, 打了兩面欽差冊封金字牌, 起着夫馬, 直至登州。有
府縣官員, 爲他看下兩隻大海船, 他兩箇宰殺猪羊, 祭了海, 然後出口向朝
鮮, 取道[28]皮島進發。

丹詔[29]出雲霄, 揚舳涉怒潮。
征帆迎日近, 畫鷁[30]逐風飄。

浪激舟疑舞, 波狂人欲囂。
想應喞命者, 消瘦不勝貂。

自登州水口至廟島, 一路是登萊總兵差兵護送, 打水(路)縴。將近皇城
島, 却是毛帥差人迎接。到一島, 自有一箇將軍, 率領着幾隻戰船, 都揷着
鮮明旗幟, 銳利的兵器, 迎送。將次到了皮島, 早鼓角齊鳴, 旗幡極整, 大
小戰船, 可有百餘隻, 每船都站有戎粧將官, 簇擁着毛帥, 前來接敕。中軍
官傳報了, 兩邊相見, 隨備龍亭[31], 鼓吹迎敕諭入皮島。上邊陳設黃屋[32],

---

24 王敏政(왕민정): 명나라에서 仁祖에 대한 책봉 결정이 내려지자마자, 太監들이 다투
어 조선에 가고자 하여 실권자인 환관 魏忠賢에게 수만 냥의 뇌물을 바치고 낙점을 얻어
낸 인물. 胡良輔도 마찬가지 인물이다.
25 軫念(진념): 윗사람이 아랫사람의 사정을 걱정하여 헤아려 줌.
26 偏師(편사): 대규모 병력이 아닌 일부 병력을 이르는 말.
27 搗虛扼吭(도허액항): 批亢擣虛. 전국시대 齊나라가 趙나라를 구하기 위해 魏나라를
칠 때, 孫臏이 田忌에게 가르쳐 준 병법으로서, 거세게 맞서 오는 적의 예봉을 피하여
후방의 빈 도성을 직접 공격해 들어가는 작전을 말함.
28 取道(취도): 경유함.
29 丹詔(단조): 朱筆로 쓴 황제의 조서.
30 畫鷁(화익): 鷁鳥를 그린 배. 익조는 백로와 비슷한 모양의 큰 새인데, 풍랑을 잘 견디
낸다 하여 뱃머리에 이 새의 형상을 새겨 걸어 놓았다고 한다.

兩內監³³站在側邊, 毛帥率部下拜舞³⁴已畢, 然後宣勅³⁵。

諭平遼總兵毛文龍:

聖諭, 朕念遼土未平, 逆酋鷙伏, 尙緩策勛³⁶, 時懷旰食³⁷。唯賴
(敕)爾文武大帥, 殫力竭忠, 設奇制勝, 期靖妖氛³⁸, 用雪國恥。匪頒
厚賞, 以勵精忠³⁹? 爾提孤軍, 駐師窮島, 偏師時出, 奇捷⁴⁰屢聞, 使逆
酋狼顧⁴¹, 未逐鴟張⁴², 已三年矣。惟爾之庸, 朕實嘉尙, 又思各將士,
戮力行間, 暴露良苦。朕曩于督師⁴³輔臣⁴⁴, 有錫賚⁴⁵矣。茲遣內臣司
禮太監王敏政‧忠勇營御馬太監胡良輔, 齎捧詔諭冕服, 冊封李綜爲
朝鮮國王, 道繇皮島, 特賜爾銀一百兩, 大紅蟒衣一襲, 以示眷酬。從
征將士, 擒斬功多, 忠勤可念, 朕御前搜括⁴⁶銀四萬兩, 各樣蟒衣滕
(繡)⁴⁷段紵絲一百二十疋, 畀爾以備賞功之需。爾尙益矢壯猷, 秘籌

---

31 龍亭(용정): 龍亭子. 輦輿의 하나. 나라의 玉册이나 金寶 및 국서 등 귀중한 물건을
운반할 때 사용되었다.
32 黃屋(황옥): 황색 비단으로 만든 수레 덮개. 黃屋龍亭은 지붕이 누른 빛깔로써, 황제
의 명령문이나 황제에게 올리는 글을 싣는 가마이다.
33 內監(내감): 太監. 환관.
34 拜舞(배무): 賀禮儀式 때 百官이 무릎을 꿇고 절하고 발을 구르며 춤추는 의식.
35 洪翼漢의 사행일록인《朝天航海錄》권2의 2월 21일조에 실려 있음.
36 策勛(책훈): 황제가 반포하는 策書에 공훈을 기록하는 것.
37 時懷旰食(시회간식): 旰食宵衣가 날이 새기 전에 일찍 일어나 옷 입고, 해가 진 뒤
늦게 저녁을 먹는 것을 가리키는 말이니, 시회간식은 '늘 걱정하며 정사를 돌본다.'는 의미.
38 妖氛(요분): 상서롭지 못한 기운. 재난이나 변란을 일컫는다.
39 精忠(정충): 사사로운 감정이 없는 순수하고 한결같은 충성.
40 奇捷(기첩): 뜻하지 않은 승리.
41 狼顧(낭고): 이리는 뒤를 잘 돌아본다는 뜻. 경계하거나 무서워하여 뒤를 돌아봄을
이르는 말이다.
42 鴟張(치장): 올빼미가 날개를 활짝 편 것처럼 위세를 부리고 방자함.
43 督師(독사): 군사 총책임자.
44 輔臣(보신): 宰相.
45 錫賚(석뢰): 임금이 신하들에게 물건을 내려줌.
46 搜括(수괄): 백성의 재물을 수탈함. 약탈함. 착취함.

勝筭, 結聯屬國, 獎率三軍, 養我餘鋒, 制奴死命, 使封彊克復, 卽帶
礪可盟[48]。 朕不食言[49], 爾其仰體, 欽哉。 故諭。

宣讀完, 毛帥與兩內監相揖道: "文龍菲才[50], 屢蒙聖恩, 愧未殄滅奴酋,
紓聖上東顧。 今復蒙恩, 兼及麾下, 敢不戮力致死, 以奏奇勛!" 兩內監道:
"元帥屢次搗巢獻俘, 眞是奇功, 自應有此重賞。 若能滅賊, 聖上也不惜茅
土之封[51]." 毛帥又謝他跋涉[52], 因令部下將士過來參謁。 兩箇內監見了這
干將官, 道: "我曾聞皮島將官, 常去殺賊, 果然是一班豪傑。 你們還要輔
助毛爺, 與朝廷出力!" 毛帥就將欽給叚[53]疋與銀兩, 擺在前面, 道: "這聖
上欽賞, 以待有功, 你等當戮(力), 以膺聖眷." 衆將諾諾而退。 見後留宴,
酒中又陳說, 自己可以滅奴的方略, 將士汗馬勤勞[54], 遼民歸附日多, 糧餉
不敷, 苦楚。 是晚留宿。

次日, 先與他閱視島中馬步兵士。 下了敎場, 各將都統自本部人馬排列,
陳中軍執旗[55], 在將臺指揮。 先是一元陣, 後分兩儀, 再變三才, 還爲四
門・五花・八陣, 以至大小圍巢[56], 極其整飭。

---

47 膝(繝): 膝襴. 무릎도리. 무릎이 닿는 부분에 여러 가지 무늬를 놓아서 만든, 예복의
한 가지이다. 또는 그 예복을 만드는 데 쓸 감이다.
48 帶礪可盟(대려가맹): 帶礪勳盟. 나라에서 공신의 집안을 자손 대대로 대접하기로 한
서약.
49 食言(식언): 말을 번복하거나 약속을 지키지 않고 거짓말을 일삼음.
50 菲才(비재): 변변하지 못한 재주. 자기 재능을 겸손하게 이르는 말이다.
51 茅土之封(모토지봉): 모토의 책봉. 예전에 천자가 제후를 봉할 때, 社를 세우도록 보
내던 그 방향에 해당하는 색깔의 흙으로, 즉 동쪽은 靑土, 서쪽은 白土, 남쪽은 赤土, 북
방은 黑土를 각각 보냈다.
52 跋涉(발섭): 산을 넘고 물을 건넘. 여행길이 고생스러움을 형용하는 말이다.
53 叚(가): 叚의 오기.
54 汗馬勤勞(한만근로): 汗馬之勞. 말이 땀을 흘리며 戰場을 오간다는 뜻으로, 싸움터에
서 이긴 공로를 이르는 말.
55 執旗(집기): 깃발을 잡는 병사.
56 巢(소): 剿의 오기.

馬帶騰驤氣，人懷竭蹶心。

旗旛搖繡幟，戈戟簇霜林。

又水操[57]，初時驚濤一片，列嶼如星，也不見一船一人。只聽得一聲炮響，四下[58]相應。戰船豈止千餘，或分或合，恰羾螭泛鷗一般輕快，一般也擺幾箇陣。陣完，只見[59]一聲炮，各銃齊放，火器烟焰冲天，及至烟消焰熄，海上仍是一片波濤，竝無船隻，大是奇幻。

楫舉疑蛟奮，舟移似鳥翔。

軍聲雜濤壯，醜虜莫猖狂。

兩箇內監嘖嘖稱賞，道：“俺那忠勇營，人馬也不弱，恰沒這等多[60]。若是水軍，俺那邊不慣坐船，在登州下那大船，俺們便頭暈發吐。怎這點點船，虧他不慌？這也是一支絕精的精兵，都是老先生的節制。”

停不上三五日，毛帥送他自鐵山入朝鮮京畿道，至王京城。朝鮮新王自差官遠接，到王京。新王自備儀仗迎迓。循着舊例，宣了詔書勅諭，賜他冕服，新王謝了恩，自行着冕服御殿，受賀，送兩內監在館驛[61]中歇宿。筵宴之間，兩內監備道：“聖意是因毛鎮力爲保奏[62]，所以信從，着下官不避波濤，遠至貴國。以後須與毛鎮緩急相倚，併力同心，剿滅奴酋，圖報聖朝。若使如前王，背國厚恩，潛與奴通，中國雖不曾致討，却禍起蕭墻[63]，身

---

57 水操(수조): 예전에, 수군을 훈련시키는 일을 이르던 말.

58 下(하): 方의 오기.

59 見(견): 聽의 오기.

60 多(다): 훌륭함.

61 館驛(관역): 驛舍. 관아에서 驛站을 설치하고 손님을 접대하는 집.

62 保奏(보주): 옛날, 천자에게 인물을 추천 보증함.

63 禍起蕭墻(화기소장): 재앙이 집안에서 일어남. 내부에서 재난이 일어난다는 말이다. 《論語》〈季氏篇〉의 “나는 季孫氏의 우환이 顓臾(魯나라의 보호국)에 있지 않고 울타리 안에 있음을 걱정한다.(吾恐季孫之憂不在顓臾, 而在蕭牆之內也.)”에서 나온다.

死非命。這也是箇前車[64]." 新王唯唯受命。向時翰林科道[65]去, 都乞珠玉, 有詩, 這兩箇帶有門下, 也照例做些歪詩, 胡亂來往啓簡。

次後接見朝鮮文武陪臣, 兩箇內監道: "前日前王不忠, 你們也該勸諫纔是。今聖上洪恩, 毛帥力奏, 都不追及。只你各官, 此後須要把忠義去輔王, 就是毛帥, 或因糧餉不及, 借糴也要通那[66]。俺天朝曾爲你平倭, 費數百萬來。切不可有異心。" 兩內監竣了事, 也帶領從人自王京泛海回京。新王于兩箇內監厚有贈送, 兩箇內監都不肯受。新王道有舊例, 再三餽送[67], 兩內監道: "留與應毛帥緩急, 勝學生[68]得多矣。" 畢竟不受。後自海回登萊, 一路無恙, 也都得海島有人之故。不然河東西失, 朝鮮緣何得通。

這廂毛帥差人持禮赴朝鮮稱賀, 兩下交結, 彼此相依。

部下將士因聖上軫念[69], 差內監涉海頒賜銀兩, 無不踴躍思報。凡是戍守的, 無不留心戍守; 哨探的, 無不留心哨探; 出戰的, 無不留心出戰。只待奴酋妄想窺關, 這下將士分投搗巢截殺, 以報聖恩。這正是重賞之下, 必有勇夫。

　　　人懷挾纊[70]恩, 共切澄淸志[71]。
　　　恢復舊山河, 麄了人臣事。

---

64 前車(전거): 前車之鑑. 前鑑. 앞에서 한 실패가 뒷날의 교훈이 된다는 말. 《漢書》 권48 〈賈誼傳〉의 "앞서가는 수레가 전복되면 뒷 수레가 조심을 한다.(前車覆, 後車戒.)"에서 나온다.

65 科道(과도): 科道官. 明나라의 관명. 都察院의 여섯 科 즉 吏·戶·禮·兵·刑·工 部의 給事中을 이른다. 각 부서마다 감찰업무를 수행하는 사람이다.

66 通邢(통나): 通挪의 오기. 융통함.

67 餽送(궤송): 선물함.

68 學生(학생): 겸칭으로, 후배가 선배에 대해 자기를 이르는 말.

69 軫念(진념): 존귀한 윗사람이 아랫사람의 사정을 돌보아 걱정하여 생각함.

70 挾纊(협광): 솜을 옷에 껴입어 따뜻해졌음을 나타내는 말. 임금의 깊은 은혜를 비유한 말이다.

71 澄淸志(등청지): 어지러운 천하를 정화시키려는 강개한 뜻을 표현할 때 쓰는 말.

將士正思報, 恰後來韃賊千餘, 屯于山八會寨中, 被參將易承惠等, 督兵攻圍, 一晝夜, 軍士無不用命。生擒韃賊鳴啼咱等二十九名, 夷奴一名, 眞的馬九匹, 騾一頭, 韃帽四十頂, 夷器共五百餘件, 招回遼民謝坤等五百九十七名。毛帥俱將來分發[72]各島安揷, 將眞夷起解[73]獻俘。正是將士感恩圖報, 故所向有功。

是時魏監[74]用事[75], 故冊封亦用監臣。倘海上軍聲無以伏其心乎, 樂羊[76]謗書未免不盈篋也。

借內監爲用, 亦是安中國機略, 以招通內之愆, 終涉今日巇人之套。

<hr />

72 分發(분발): 하나씩 하나씩 나누어 줌.
73 起解(기해): 압송함.
74 魏監(위감): 內監 魏忠賢(?~1627)을 가리킴. 중국 明나라 말기의 환관. 본명은 李進忠이었다. 熹宗의 총애를 받아 비밀경찰인 東廠의 首長이 되었고, 東林派 관료를 탄압하며 정치를 농단하여 明의 멸망을 촉진하였다.
75 用事(용사): 권력을 장악함.
76 樂羊(악양): 전국시대 魏나라 文侯 때의 장수. 그가 中山을 공격하는 임무를 맡게 되었을 때 아들이 그곳에 있었으므로 주위의 비방이 많았다. 그러나 문후의 믿음을 받고 진군하여 마침내 함락시켰다.

第二十八回 寧遠城火攻走賊 威寧海力戰牽奴

西風一夜來羌管[1], 平沙一望胡騎滿。
投鞭已看河斷流[2], 靴尖更笑城如卵。

城中士庶驚且啼, 孤城圍合歸路迷。
誰提一旅[3]救水火, 引領空自瞻雲霓[4]。

糾糾[5]守臣猛如虎, 莫嫌文士不解武。
手提長劍倚層樓, 指點三軍發強弩。

飛蝗[6]疑箭炮疑雷, 一戰俄敎勁敵隤。
齦危歷畵見利器, 有將如是今何怯匈奴來。

　　疆場之事, 非戰則守。人道戰危守易, 公輸子[7]與墨翟[8]兩箇, 一設器械去

1　羌管(강관): 오랑캐 피리.

2　投鞭已看河斷流(투편이간하단류): 投鞭斷流를 활용한 말. 군사가 매우 많음을 뜻한다. 前秦의 苻堅이 晉나라를 정벌하려 할 때 石越이 '장강이 가로막고 있으니 출병해서는 안 된다'고 하자, 부견이 "우리 군사들의 말채찍을 장강에 던지면 물을 못 흐르게 막을 수 있다."고 하였다.

3　一旅(일려): 500명의 군대 조직을 일컫는 말. 흔히 아주 작은 군대를 뜻하는 말로 쓰인다.

4　雲霓(운예): 구름과 무지개.《孟子》〈梁惠王章句 下〉의 "백성들이 고대하기를 큰 가뭄에 운예를 고대하듯 하였다.(民望之, 若大旱之望雲霓也.)"에서 나오는 말이다.

5　糾糾(규규): 씩씩한 모양.

6　飛蝗(비황): 집단으로 이동하는 메뚜기 떼. 풀무치의 일종으로 농작물에 침입하면 큰 피해를 입힌다.

7　公輸子(공수자): 춘추시대 魯나라의 나무를 잘 다루던 유명한 목수. 이름 般. 나무와 대나무를 깎아 만든 까치가 아주 교묘하더니, 하늘을 날아 사흘 동안 내려앉지 않았다 한다.

8　墨翟(묵적): 墨子의 본명. 전국시대의 사상가이자 兵法家. 諸子百家라고 할 만큼 많은

攻，一設機械去守，公輸子不能勝。不知這守也不是易事，沒有一段視死如歸[9]的意氣，不能守；沒有一段隨機應變[10]的機智，也不能守。試看他開原[11]・鐵嶺[12]・瀋陽[13]・遼陽[14]以及廣寧[15]，那一處不是可守之地，或拒敵不終朝，或聞風而遠遁，國法不能斬慣逃之心，重賞不能固三軍之志。只是箇守城的人，無膽無智無報國之心，遂不能收堅守之績。

奴酋恃着他戰勝攻取[16]的人馬，每每要乘冰渡河，襲取寧遠[17]，無奈毛帥牽制。這時是六年[18]正月，奴酋暗傳號令，悄悄帶了五萬餘人，渡了三岔河[19]，竟取寧遠。那邊烽火已是報入寧遠，此時分巡寧遠道，是箇袁崇煥[20]，

사상가들이 출현해서 제각기 활약을 펼쳤는데, 묵자는 당시로서는 드물게 兼愛(무차별적인 박애)와 평화주의를 제창한 독특한 인물이었다. 묵자가 宋나라에 봉직하고 있을 때, 楚나라의 公輸般이라는 병법가가 雲梯라는 성을 공격할 수 있는 병기를 발명해서 송을 공격하려 했지만 묵자가 직접 초나라에 가서 공수반과 초왕을 설득해 공격을 중단시켰다.

9 視死如歸(시사여귀): 죽는 일을 집으로 돌아가는 것같이 여김. 죽음도 두려워하지 않음.

10 隨機應變(숙기응변): 그때그때의 기회에 따라 일을 적절히 처리함.

11 開原(개원): 중국 遼寧省 瀋陽 북동쪽의 현.

12 鐵嶺(철령): 중국 遼寧省 瀋陽의 북동쪽에 있는 지명.

13 瀋陽(심양): 중국 遼寧省의 星都. 청나라 初期의 수도이기도 했다.

14 遼陽(요양): 중국 遼寧省 중부에 있는 지명.

15 廣寧(광녕): 廣寧城. 중국 遼寧省 北鎭에 있는 성.

16 戰勝攻取(전승공취): 적과 싸우면 이기고 치면 빼앗는다는 뜻으로, 연전연승함을 이름.

17 寧遠(영원): 중국 遼寧省 鞍山市에 있는 지명.

18 六年(육년): 중국 명나라 熹宗 6년인 1626년을 일컬음.

19 三岔河(삼차하): 중국 吉林省 북서단에 있는 강.

20 袁崇煥(원숭환, 1584~1630): 明나라 말기의 장군. 1622년 御使 侯恂에게 군사적 재능을 인정받아 兵部의 職方司 主事가 되었다. 당시 明나라는 王化貞이 이끄는 군대가 후금에 크게 패하여 만주의 지배권을 후금에 완전히 빼앗겼다. 후금은 遼陽과 廣寧을 점령하고 山海關을 넘보고 있어 北京도 위기감에 휩싸여 있었다. 이러한 상황에서 袁崇煥은 홀로 遼東 지역을 정찰하고 돌아와서는 스스로 山海關의 방위를 지원했다. 그는 兵備檢事로 임명되어 山海關으로 파견되었다. 당시 明軍은 山海關의 방어에만 모든 힘을 기울이고 있었다. 하지만 원숭환은 山海關 북쪽에 성을 쌓아야 효과적으로 방어를 할 수 있다고 보고, 寧遠城(지금의 遼寧 興城)을 改築할 것을 조정에 건의했다. 그리고 1623년부터 1624년까지 영원성을 10m의 높이로 새로 쌓았고, 포르투갈 상인들에게 구입하여 '紅夷砲'라고 불리는 최신식 대포를 배치하였다. 1626년 누르하치가 遼河를 건너 영원성을 공격해 왔으나, 원숭환은 우월한 화력을 바탕으로 후금의 군대를 물리쳤다. 明은 1618년 이후 후금에

他因奴酋犯順, 邊關震動, 上疏請守一片石山隘, 由知縣躐陞²¹僉事, 再陞
副使, 是箇有膽力的人。 他知奴酋渡河, 必竟垂涎寧遠。 錦州²²雖在寧遠
之前, 城小不堪守。 且恐奴酋捨錦州而攻寧遠, 則錦州孤懸, 不足爲寧遠
犄角²³, 反分了兵力。 故此盡斂錦州兵馬, 與同兩箇總兵滿桂²⁴·趙率教²⁵,
副將左甫·朱梅, 一干將官, 議合力堅守寧遠地方。 果然奴兵意在寧遠,
徑過錦州。 報到, 各將聞他人馬多, 兵勢銳, 也各有些慌張。 袁兵備大言
道: "朝廷養士數年, 有警正立功報主之時, 豈得望風先逃! 崇煥出城一
走²⁶, 諸君斬我, 諸君出城一步, 我斬諸君, 務須與城同存亡!" 滿桂道: "巡
道文臣尙且慷慨殉城, 我們武臣, 豈可不血戰保守城池!" 趙率教道: "如今
兵馬器械, 儘句²⁷破賊, 一意²⁸堅守, 再無二三²⁹。" 城中百姓聞得達子來, 也
洶洶要逃, 袁巡道道: "你們要逃入關, 韃子馬快, 必遭追殺。 若入各村堡,
各村堡的城, 竝沒箇堅似寧遠的, 何不助我守城? 我袁崇煥在此, 斷不使
奴酋破城。 若百姓有亂動惑衆的, 我先斬首號令³⁰!" 便與滿趙左朱四人,

게 계속 패전만 거듭해 왔는데 원숭환이 비로소 승리를 거둔 것이다. 이 전투를 '寧遠大捷'
이라고 하며, 그 공으로 원숭환은 兵部侍郞 겸 遼東巡撫로 승진하였다. 1627년에는 영원
성과 錦州城에서 후금의 太宗 홍타이지[皇太極, 1592~1643]의 공격도 물리쳤는데, 이는
'寧錦大捷'이라고 부른다. 이처럼, 후금의 침략에 맞서 遼東 방어에 공을 세웠지만 1630년
謀反의 누명을 쓰고 처형되었다.

21 躐陞(엽승): 벼슬의 등급이 뛰어 오름.
22 錦州(금주): 중국 遼寧省 서남부의 도시. 瀋陽 남서쪽에 위치하고 있다.
23 犄角(의각): 犄角之勢. 사슴을 잡을 때 사슴의 뒷발을 잡고 뿔을 잡는다는 뜻으로,
앞뒤에서 적을 몰아침을 비유적으로 이르는 말.
24 滿桂(만계, ?~1630): 명나라 말기 將領. 관직은 太子太保, 中軍都督府 右都督을 지냈
다. 袁崇煥의 부하 장수였다.
25 趙率教(조솔교, 1569~1629): 명나라 말기 將領. 總兵, 左都督, 平遼將軍을 지냈다.
袁崇煥의 부하 장수였다.
26 走(주): 步의 오기인 듯.
27 儘句(진구): 儘夠. 아주 넉넉함. 매우 충분함.
28 一意(일의): 오로지. 오직.
29 二三(이삼): 절개를 자주 바꿈.
30 號令(호령): 죄인을 처형하여 대중에게 보임.

分守四門, 預先殺牛釃酒, 大犒三軍, 勉以忠義, 各兵都感激效死。

享士亟投醪[31], 三軍意氣豪。
肯敎一塊土, 無故染腥臊?

又恐賊人據我糧草, 反得持久困我, 分差守備何可翊等, 分頭將原貯龍宮寺糧米, 運入覺華島[32], 其餘腐爛不堪的, 盡行燒燬。還恐賊人分兵掩襲覺華島, 又委副總兵祖大壽[33], 將沿海冰凌打破, 使賊不得乘凍窺伺覺華。

正在隄備, 達兵已於二十三日到了, 連營百里, 聲勢極盛。到二十四日早, 將城圍住, 先攻打西門。西門是滿總兵把守, 滿總兵分付衆(人)道:"守與戰不同, 戰時防韃馬來得快, 我兵火器放不及, 所以要預先望塵點放。如今守, 我據着高城, 只合以靜待動, 直待他臨城纔放。却又不得亂發, 分爲幾番, 第一番, 見賊到放了火器; 第二番, 方樓上弓箭, 以便火器上藥; 第三番是砲石[34], 以便弓弩觳矢; 直待危急, 矢石交下。"果然徐徐相繼, 先是一陣火器, 把韃子紛紛打落馬, 後隊來搶救時, 弓弩又發, 火砲隨到。兩箇時辰, 韃賊死傷了許多, 他見西門防守嚴整, 一齊轉攻南門。南門是袁巡道與趙率敎守。袁道戎粧執刀, 往來督促, 見達兵薄城, 叫發火器, 一陣打得達賊倒退四五十步, 却遙見韃兵中推出一陣車子來, 直奔城下。這車

---

31 投醪(투료): 軍民과 동고동락하는 것을 말함. 越王 句踐이 막걸리를 강물에 풀어 많은 백성과 함께 마셨던 고사에서 유래한 것이다.

32 覺華島(각화도): 菊花島라고도 함. 중국 遼寧省 寧遠의 남쪽으로 있는 섬이다.

33 祖大壽(조대수, ?~1656): 明末淸初 때 遼東 사람. 자는 復宇. 명나라 때 前鋒總兵을 지냈다. 大凌河에서 포위당하자 皇太極과 약속해 錦州로 귀순하여 내응하기로 했다. 그러나 일이 끝난 뒤 성을 지키면서 항복하지 않았다. 崇德 연간에 성이 함락되자 다시 항복하여 漢軍 正黃旗에 예속되고, 總兵에 올랐다.

34 砲石(포석): 城을 공격하기 위하여 무거운 돌덩이를 멀리 날릴 수 있게 만든 무기의 하나. 火藥 무기가 발명되기 전까지 이 포석은 주요한 攻城用 무기의 하나였다. 원래 砲라는 말은 오늘날과 같은 화약 무기를 일컫는 낱말이 아니라 돌을 날리는 무기를 이르는 말이었다.

甚是古怪[35], 上面平舖着五七寸厚大板, 車下却是人推着輪行走。城上放
下鉛子矢石, 不得透下, 都溜了去, 不能損傷。這干韃奴却安心駕着車, 在
傍城把鍬鎬斧鑿控城, 遠遠是騎馬達賊, 只待城崩接應[36]。

　此時袁道站在城上, 見矢石無功, 正在思量, 却得經歷金啓倧過來道:
"稟老爺, 這須用火攻。"袁道點頭道: "正合吾意。"卽委他向城中取乾柴枯
草, 幷人家蘆簾葦席, 一般引火之物, 綑做大綑, 澆了油, 都從城頭上撒向
車上, 然後火箭齊發, 燒得烈焰連天。火勢昌熾, 達賊不敢來救, 車下人也
存立不得, 一哄走了, 走不去的, 都燒死城下。袁道又差死士孫紹祖等五
十名, 各帶綿花火藥, 將遺下攻車・戰車, 焚燒一空。達賊只得暫退, 在龍
宮寺一帶, 結營五百餘座, 以圖再擧。袁道督率將士, 晝夜防守, 一面飛報
入京。

　　　臣心如石難輕轉, 遂使孤城似石堅,
　　　莫道火攻爲下策, 已看折軸委殘烟。

　此時旅順守將, 覘有奴兵渡河, 卽行飛報, 入鐵山來。毛帥聞知, 大驚大
惱, 卽將哨探寬靉[37]遼陽一路人役[38], 盡行綑打, 又道: "虜已深入, 卽搗巢
也是緩局, 不能牽掣, 必須一支大兵, 直走遼陽, 方可。"便擬調各島將官,
大發戰船, 大張聲勢, 在疏羊・雙島, 南北汛口, 聲言扼他歸路, 不許稽
遲。自己就帶了陳繼盛, 統一支兵, 由鐵山陸路, 前往鎭江, 毛承祿, 統一

35　古怪(고괴): 기괴함. 기이함.
36　接應(접응): 호응하여 행동함.
37　寬靉(관애): 寬奠과 靉陽. 寬奠은 寬奠堡로 여진족의 침입을 방비하기 위하여 1573년
　　변장 李成梁에 의해 축조된 군사시설인데, 遼寧省 丹東市 寬甸에 있었다. 靉陽은 靉陽堡
　　로, 遼寧省 鳳城縣 북쪽 128리에 있는 堡이다. 건주여진이 명나라를 공격할 때 주요한
　　공격 지점이 되었다.
38　人役(인역): 사람에게 부림을 받는다는 말. 《孟子》〈公孫丑章句 上〉의 "인하지 못하기
　　때문에 지혜롭지 못하게 되고, 그리하여 예와 의가 없어진 결과 다른 사람에게 부림을
　　받게 된다.(不仁不智, 無禮無義, 人役也.)"에서 나오는 말이다.

支兵, 由水路, 也在鎭江取齊³⁹。然後又分兵, 自湯站⁴⁰·鳳凰城⁴¹, 一路沿邊由威寧海取遼陽, 一路自腹裡向恬水站取遼陽。兩路齊發, 所過鎭江·鎭夷·新佃堡·草河口, 無不望風逃避, 直至威寧海。有達兵合各處屯堡的來敵, 約有數千, 毛帥也不放火器, 單馬直冲上前。這些兵士無不奮勇隨後, 將這支達賊殺去十分二三, 擒有百數。毛帥分付: "此行要直抵遼陽, 不得帶有首級." 又進兵到青石嶺, 扼險下寨, 分兵剽掠遼陽附近地方, 招撫順民, 征討逆黨。又差林茂春·王甫, 直至海州地面, 大張聲勢, 使人傳入河西。

大將多奇略, 潛師直搗胡。
狂酋應膽落, 回首戀窮廬⁴²。

這邊達馬飛報到寧遠, 奴酋也不勝驚駭。李永芳⁴³又勸他回軍內顧, 探哨的又報無數兵船進屯麻羊島·猪島, 如今將次到南汛口, 奴酋恐他邀截糧草, 并歸路, 一發⁴⁴震驚。欲退兵去, 還怕寧遠有兵追襲, 分付後隊且作前隊, 先據河口, 以防島兵入三岔邀截。四王子與佟李⁴⁵二將, 帶兵還虛聲

---

39 取齊(취제): 집합함.

40 湯站(탕참): 중국 遼寧省 鳳凰城의 경계에 있는 역참.

41 鳳凰城(봉황성): 중국 遼寧省 봉성진에 있었던 고구려 산성.

42 窮廬(궁려): 초라한 오두막집. 朱子의 〈奉酬丘子野表兄飮酒之句〉시에, "고래로 곤궁한 선비는 세모에 고심이 많다.(古來窮廬士, 歲暮多苦心.)"라는 구절에서 나온 말이다.

43 李永芳(이영방, ?~1634): 누르하치의 무순 공격 당시 투항한 명나라의 장수. 1618년 누르하치가 무순을 공격하자 곧장 후금에 투항하던 당시 명나라 유격이었는데, 누르하치는 투항에 대한 보답으로 그를 三等副將으로 삼고 일곱째아들인 아바타이(阿巴泰, abatai)의 딸과 혼인하게 하였다. 이후 그는 淸河·鐵嶺·遼陽·瀋陽 등지를 함락시킬 때 함께 종군하여 그 공으로 三等總兵官에 제수되었다. 1627년에는 아민(阿敏, amin)이 지휘하는 후금군이 조선을 공격한 정묘호란에도 종군하였는데, 전략 수립 과정에서 아민과 마찰을 빚어 '오랑캐(蠻奴)'라는 모욕을 당하기도 하였다. 그럼에도 불구하고 그는 佟養性과 함께 투항한 漢人에 대한 누르하치의 우대를 상징하는 인물로 자주 언급되었다.

44 一發(일발): 더욱 더.

45 佟李(동이): 佟養性과 李永芳의 합칭어. 佟養性은 명나라 말기의 여진인으로 명나라

要打城, 使他不敢來追。正在計議, 袁道見他屯札[46]不去, 竟將車子裝着西洋大銃, 載出西門, 向奴酋寨中打發。此銃勢能及三十餘里遠, 纔一聲響, 把他一箇寨子打得踪影也沒, 這番連衆達子已心裡慌張, 還敢虛聲攻城? 竟自乘夜拔寨[47], 盡行渡河。

寧遠獲全, 袁道把達賊退去。塘報[48]督師, 轉題, 奉旨先陞袁道做遼東巡撫, 後論功, 陞兵部侍郎 · 都察院左僉都御史, 廕子錦衣衛千戶, 世襲。滿 · 趙兩總兵, 各陞右都督, 廕子本衛千戶。左甫實授都督僉事, 朱梅署都督僉事, 祖大壽實授副總兵, 何可剛都司僉書, 孫紹祖等各賞銀有差。金啓倧獻計燒燬攻車, 又因督放西洋銃, 身死, 贈三級, 賜廕, 給優恤銀八兩。西洋銃封爲安國全軍平遼靖虜大將軍, 差官致祭。

力戰固孤城, 烽烟四野淸。
麒麟[49]銘姓氏, 應不負臣貞。

這邊奴酋怕水兵邀截, 急急渡河, 由海州直奔太子河[50]新城屯住, 打點

의 관직을 받았으나 이후에 건주여진으로 투항한 인물. 아버지를 따라 명나라에 투항하여 요동에 정착하였다. 1616년 누르하치가 後金을 건국하자, 그와 내통하였고 撫順을 함락하는데 기여하였다. 누르하치가 종실의 여인을 아내로 주었으므로 어푸(額駙, efu) 칭호를 받았고 三等副將에 제수되었다. 1631년부터 귀순한 漢人에 대한 사무를 전적으로 관장하게 되었고 火器 주조를 감독한 공으로 암바 장긴(大將軍, amba janggin)이 되었다. 1632년 홍타이지가 차하르(察哈爾, cahar) 몽골을 공격할 때에 심양에 남아 수비하였는데, 이때 병으로 사망하였다.

46 札(찰): 箚의 代用. 이하 동일하다.

47 拔寨(발채): 진지를 철수함.

48 塘報(당보): 적군의 동향을 정탐하여 올리는 보고서. 또는 높은 곳에 올라 적의 동태를 살펴 아군에게 기로써 알리는 일을 이르던 말. 기를 조작하던 사람을 塘報手라고 한다.

49 麒麟(기린): 麒麟閣. 漢나라 武帝가 궁에 세운 높은 전각. 宣帝 때, 霍光 · 張安世 · 韓增 · 趙充國 · 魏相 · 丙吉 · 杜延年 · 劉德 · 梁丘賀 · 蕭望之 · 蘇武 11명의 공신의 초상을 그렸다.

50 太子河(태자하): 중국 遼寧省 중부에 있는 하천. 요녕성 동부에서 발원하여 동쪽에서 서쪽으로 흘러 本溪를 지난 遼河에 합류된다.

少息兵馬，來與毛帥決戰。不料毛帥到鎮江時，就差人行牌[51]昌城・滿浦將官，着他虛聲搗巢，牽他內顧。果然這兩處將官，各帶兵馬，入他地方，搖旗吶喊，遇寨柵就攻，故意做聲驚嚇他。以此牛毛・董古各寨，又紛紛傳梆，奴酋只得又分兵回守老寨，不敢出兵。毛帥因各島兵報寧遠已是無恙，奴兵已自渡河，又因行急，不曾多備得糧，只得退回鐵山。這番毛帥雖不能出奇搗之，使奴酋不敢出，却也能使他不敢不回。後來奴酋四月十七日，又發兵入寇寧遠，怪西虜炒花[52]發兵來助，殺了他姪兒囊台吉[53]，次破他兒子歹安兒，炒花驚得遠避別柵[54]。然後調瀋陽兵進來，做箇必勝之計，又得毛帥直搗遼陽，退回去。袁撫因具奏序他的功。東江[55]一師[56]，真可為寧錦犄角之用，豈是有名無實之兵！

寧遠能堅守于堅城累破之餘，可云從來城守第一。至毛帥之搗巢，真是救關急着。若使如今日竭天下之財養兵，一出寧遠，一不時搗巢，虜敢窺大安口[57]乎！大爲堅[58]髪。

寧遠之攻，東江以不牽制見糾，猶茫然大海；今歷河西外境，入大安謂之何！且西虜之款又何說，不爲我斬截[59]，又不爲我緝探[60]也。

---

51 行牌(행패): 牌文을 보냄. 패문은 牌에 쓴 글이다.

52 炒花(초화): 抄花, 炒哈, 爪儿圖, 洪巴圖魯, 叶赫巴圖魯, 舒哈克卓哩克圖鴻巴圖爾 등으로도 표기됨. 명나라 때 蒙古의 內喀爾喀五部의 영주였던 和爾朔齊哈薩爾의 다섯째 아들이다.

53 囊台吉(낭태길): 素囊台吉, 薩納台吉로도 표기됨. 명나라 때 蒙古의 右翼土墨特部 領主.

54 柵(책): 寨柵. 산악지대에 지형을 이용해 건설한 군사 요새.

55 東江(동강): 皮島를 달리 지칭하는 말.

56 一師(일사): 師는 2500명을 말하나, 여기서는 한 부대 정도의 의미로 쓰인 듯.

57 大安口(대안구): 중국 河北省 遵化의 관할 지역 북쪽에 있는 도시.

58 堅(견): 竪의 오기인 듯.

59 斬截(참절): 확고함. 단호함.

60 緝探(집탐): 偵緝探訪. 탐문함.

第二十九回 官軍奇撓斃奴 裨將潛師獲虜

塞北胡塵[1]起，兵鋒指，無堅壘。草潤殘脂[2]，地收白骨，血流如水。這頑殘，合
受天誅。須教竿首，長安市。奈匡國，痛無人，寥落澄清奇志[3]。
節旄[4]空自擁，誰向奴，投一矢；剩孤劍[5]東溟，差雪三朝[6]恥。又無如士饑將寡，
羈天討[7]，虜竟從容死。悲憤想甘陳[8]，淚落淹青史。

右《塞垣春》

　　劍是一人之敵[9]，戰也是三軍之事，只一箇智字。敵之貪者可以利陷他，

1　胡塵(호진): 오랑캐의 말에서 이는 흙먼지. 곧 오랑캐에 의한 병란을 일컫는 말로 쓰
인다.
2　脂(지): 脂轄 또는 脂轄. 수레에 기름칠을 하는 것을 일컫는 말.
3　澄清奇志(징청기지): 세상을 맑게 하려는 後漢의 范滂이 冀州刺史로 나갈 적에, "수레
에 올라 고삐를 잡고서는 천하를 정화할 뜻을 개연히 품었다.(登車攬轡, 慨然有澄清天下
之志.)"는 고사에서 나온 말이다.
4　節旄(절모): 漢나라 蘇武의 고사와 관련 있는 말. 匈奴에 사신으로 가서 온갖 고통을
받다가 다시 北海(시베리아)로 옮겨지는 등 죽을 고비를 넘기면서도 절개를 굳게 지키며
사신의 節旄가 너덜너덜해지도록 손에서 늘 놓지 않았는데, 그 뒤 한나라가 흉노와 화친
을 맺으면서 19년 만에 돌아왔다.
5　孤劍(고검): 외로운 신세에 강개한 뜻을 지녔음을 비유한 말. 李白의 〈贈崔郎中宗之〉
에 "길게 휘파람 불며 외로운 검에 의지하니 눈길 다한 곳에 마음이 유유해라.(長嘯倚孤
劍, 目極心悠悠.)"고 하였다.
6　三朝(삼조): 1618년부터 1627년까지 萬曆(神宗), 泰昌, 天啓(熹宗)의 세 황제 조정
을 가리킴.
7　天討(천토): 하늘의 뜻을 받들어 죄가 있는 자를 토벌하는 것.
8　甘陳(감진): 甘延壽와 陳湯의 병칭어. 甘延壽는 중국 前漢 때의 무장이다. 자는 君況.
西域都護가 되어, 당시 서역의 여러 나라를 이끌고 중앙아시아를 휩쓸고 다닌 匈奴의 郅
支單于를 참살하였다. 陳湯은 漢나라 元帝 때 西域副校尉로 있으면서 거짓으로 천자의
명이라고 하여 군대를 일으켜 匈奴의 郅支單于와 싸워 이겼다. 그러나 천자의 명을 위조
한 죄 때문에 그를 처벌할 것인가, 말 것인가에 대한 논의가 분분하였는데, 원제는 결국
그의 죄를 용서한 다음 關內侯에 봉하고 射聲校尉를 제수하였다.

怯的可以勢撓他, 躁的可以怒激他, 疑的可以術愚他。貪可陷, 如遺弃牛羊金繒, 陷他搶奪而攻其亂; 怯可撓, 如郭令公[10]揚旗搖鼓走吐番[11]; 躁可激, 如晉文公[12]釋曹圍鄭致子玉[13]來戰; 疑可愚, 如華容[14]多燒烟火誤曹操[15]。若是愚之·陷之·撓之·激之·致之死, 可謂知之極奇。然使奴酋不得生致闕下, 或是懸首藁堦[16], 終是英雄遺恨。

　毛帥因虜奴入寇寧遠, 兵出方覺, 嘗以爲恨, 故每撓他, 使不敢遠出。三月中, 打聽得奴酋擄掠西虜, 怕他乘勢窺寧遠, 因糧不給, 特着人在高麗,

---

9　劍是一人之敵(검시일인지적): 項籍이 "글은 족히 성과 이름을 쓸 수 있으면 그만이고 칼은 한 사람만 대적하는 것이라 배우기에 족하지 않으니, 만인을 상대하는 것을 배우고자 한다.(籍曰: '書足以記名姓而已, 劍一人敵, 不足學, 學萬人敵.)"에서 나오는 말.

10　郭令公(곽영공): 당나라 郭子儀를 가리킴. 곽 분양(郭汾陽)이라고도 일컬어진다. 安祿山의 난이 일어나자 中原의 반란군을 토벌했고 위구르의 원군을 얻어 長安과 洛陽을 수복했다. 吐蕃(티베트)이 장안을 치려 하자 위구르를 회유하고 토번을 무찔렀다. 그의 무공은 비할 데가 없다고 칭송되어, 尙父의 칭호를 받고 汾陽王에 봉해졌으며, 당나라 최대의 공신으로서 영광을 누렸다.

11　吐番(토번): 吐蕃.

12　晉文公(진문공): 晉獻公의 庶子로 본명은 重耳. 부친의 애첩인 驪姬의 흉계로 나라에서 쫓겨난 뒤 狐偃·狐毛·趙衰·魏犨·狐射姑·顚頡·介子推·先軫·壺叔 등 충신들의 보좌를 받으면서 천하를 周遊하였다. 그러다가 懷公을 몰아내고 진나라의 군위에 오른 후 공명정대한 정치로 내정을 안정시키고 군사, 경제력을 부흥시켰다. 내치 안정을 토대로 城濮 전투에서 남방 초나라의 대군을 격파해 중원의 평화를 수호하고 踐土에서 중원 제후들을 소집하여 그들을 威服시킴으로써 齊桓公에 이어 춘추시대의 두 번째 霸業을 이룩하였다.

13　子玉(자옥): 楚나라 장군 成子玉. 大夫를 지냈다. 觀起의 아들로, 成王 때 城濮 전투에 나갔다가 晉나라에 패해 돌아오는 길에 자살하였다.

14　華容(화용): 華容道. 荊州의 南郡에 속한 지명. 지금의 湖北省 監利에 있다. 《三國志》의 赤壁戰에서 關雲長이 曹操를 잡지 않고 길을 터놓아 준 곳이라 한다.

15　曹操(조조): 중국 後漢 말의 영웅. 본성은 夏侯, 자는 孟德. 혼란이 극한 후한 말기에 나타나 黃巾의 난리를 토벌하여 공을 세우고, 袁紹와 같이 도적과 匈奴를 토벌하면서 세력을 확장하여, 董卓의 사후 정권을 장악, 후한의 獻帝를 許都(河南省 許昌縣)에 옹립하고 북방의 여러 군웅들을 평정하였다. 208년 荊州를 토벌하고, 孫權·劉備와 호북의 赤壁에서 싸워 大敗하였다.

16　藁堦(고계): 藁街. 漢나라 때 長安城 남쪽 문 안에 있었음. 곧 도성의 거리를 비유한 것이다.

換米七千包, 做成棋炒[17], 分給將士, 直殺至遼陽・鞍山[18], 在兩處屯兵。此時積雨, 又草木繁盛, 毛帥也在水草中半月有餘, 直到他退兵纏回。四月內, 訪得奴酋驅掠降民, 要逼他一同西行渡河, 被毛帥差兵深入各處搗巢, 圍住了會安堡, 被這干官兵斬擒共有三十六名, 本堡有百姓一千三百多人, 願歸中國, 各將俱將來渡接入島安插。到六月, 參將毛有仁打聽得臥兒岡有韃子結立營寨, 被他夜間殺去劫營, 乘夜斬了他十三級。十一日, 奴酋差兵數路, 來打鐵山, 一路從旋城來, 有萬餘韃子, 被毛帥將官陳榮截住江口, 不容渡江。一箇牛鹿[19]正在那邊逼勒眾人下水, 被他一砲打去[20], 打死了。眾韃兵無主潰亂, 被陳榮喊殺追射, 拿了他八箇, 捉了三箇婦女, 殺了二十多韃子。十三日, 遊擊李惟盛・龔有興, 在川山抵住他一路, 殺他三十多人。十七日, 都司毛有福・汪耆, 與他一路在大石門嶺・七道河大殺, 砍了他一百十三級。各路奪牛羊, 不計其數。

　七月初 ·日, 一箇牛鹿哈知卜來, 一箇牛鹿卜赤打哈, 領了兩支兵, 直到雲從島[21]。毛帥分付一路將士各堅壁清野[22], 聽他深入, 着都司毛永詩・毛有恒悄悄駐兵在定川[23]車輦地方, 只待他兵過, 然後出兵截住來路, 阻他

---

17 棋炒(기초): 명나라 때 북방의 전통식품. 밀가루와 향신기름을 섞어 얇게 밀고 다시 참깨를 넣어 조그맣게 썰고서 구운 납작한 빵으로 맛이 양호하고 향도 난다.

18 鞍山(안산): 중국 遼寧省의 瀋陽에서 남서쪽으로 80km 정도 떨어진 지명.

19 牛鹿(우록): 청대 팔기제의 한 단위인 니루[niru, 牛彔]의 한자 음역어. 니루는 대략 300명의 군사로 구성되었으며, 니루 어전(장긴)[nirui ejen, 牛彔額眞 ; niru janggin, 牛彔章京]이 지휘했다. 이후 니루 어전(장긴)을 한어로 佐領이라 했으므로 니루를 좌령으로 표기하는 경우도 있었다. 군사 조직에서 가장 하위에 해당하는 제대로서 평상시에는 하나의 사회 조직으로 기능하는 공동체 조직이었다. 5개의 니루로 구성된 상위 부대의 명칭은 잘란[jalan, 甲喇]이었고, 다시 5개의 잘란으로 구성된 부대가 바로 구사[gūsa, 固山] 즉, 旗이다.

20 打去(타거): 쏨.

21 雲從島(운종도): 毛文龍이 皮島를 달리 부른 섬 이름.

22 堅壁清野(견벽청야): (우세한 적군에 대처하는 일종의 전술로) 진지를 굳게 지키고, 주위의 사람이나 물자를 疏開하고 부근의 건물・수목 등을 적군이 이용하지 못하도록 제거 또는 소각하는 것을 말함.

23 定川(정천): 定州를 달리 일컫는 말.

救兵。參將王承鸞·都司毛有功, 伏在義州晏廷關, 都司毛永興, 伏兵在瓊山·靑龍山, 又着水陸兵曲從恩·易承惠·陳大韶等, 屯扎于家庄[24]·彌串堡·鎭江, 各處埋伏應援。毛帥自率毛承祿·陳繼盛, 屯扎在雲從關, 俟候接戰。兩箇牛鹿, 見一路無人抵擋, 說道江東兵馬怕他, 放心放意, 直到鐵山。只見一到關, 關外旌旗映日, 劍戟凌空, 扎下三箇大寨, 中間建大將旗鼓, 是毛帥, 軍容整飭。喫了一驚, 立着馬, 不曾傳令攻打, 只聽得三寨中一齊砲響。先是一陣滾牌[25], 是放彈子一般, 貼地[26]滾將過來, 不一刻已到馬邊, 刀來得快, 一刀就去了幾隻馬蹄, 馬上韃子就跌下來, 復是一刀, 人早兩斷。後又是一陣火器, 隨着滾牌來, 打得這些韃子退步不迭。火器後, 隨是一陣馬軍, 長鎗大刀, 亂殺亂砍, 滾牌·步軍都閃在側, 任馬軍追殺。兩箇牛鹿, 也只顧得跑, 只要脫命。毛帥這邊人馬, 趕箇馬不停蹄[27], 纏到靑龍山, 一聲砲, 毛永興殺出, 也只是切菜似一般, 切了一陣。到得晏廷關, 毛有功炮箭一齊打來, 這兩箇牛鹿, 好生驚慌, 兩箇議定, 哈知卜來衝先, 卜赤打哈斷了後[28], 且戰且逃。苦是彌串堡又有兵殺出, 毛有功合了追來, 追到義州晏廷關邊, 又是王承鸞攔中衝出, 截住一牛。只一陣, 王參將與毛都司, 早將卜赤打哈擒下。哈知卜來脫得身, 且是快活, 不料毛有恒在車輦埋伏, 見兵到, 忙挺鎗當先邀擊, 一鎗刺中哈知卜來肩窩。幾乎墜馬, 得各韃救起逃走。毛有恒後追, 纏到定川, 毛永詩又在前攔住, 早把哈知卜來擒下。還有一箇監軍叨哈留, 扮作韃兵逃走, 又被守備毛永義·顧成功, 自于家庄來擒下。各路共斬韃賊首級一百九十七級, 生擒了二百八十人, 又招降夷兵三千三百多人。官兵不無死傷, 却也殺得他, 不敢正視雲從島了。

---

24 于家庄(우가장): 河北省 保定市 滿城縣에 있는 역참.

25 滾牌(곤패): 등나무 기름에 담근 후 짜서 만든 것. 둥그런 모자와 같았다.

26 貼地(첩지): 겹겹이.

27 馬不停蹄(마부정제): 잠시도 쉬지 않고 계속 나아감.

28 斷了後(단료후): 적의 퇴로를 끊음.

　　六韜[29]同妙算, 九地[30]出奇兵。
　　設伏胡心裂, 潛師虜膽驚。

　　此時哈赤已是生下一箇大癰疽在背上, 聽得拿了兩箇將官, 折了許多兵馬, 大惱, 癰疽越凶了。這邊毛帥審問降夷, 問哈赤緣何不自來領兵, 又不着王子們來, 有知道的說: "老憨[31]生有背疽, 故此不能來, 各王子要看視他, 不得脫身。" 毛帥知了這消息, 越着[32]人去撓亂他, 或在遼陽, 或在老寨, 搖旗吶喊, 攪得他不住傳梆。這奴酋雖老, 雄心未消, 屢次要自發兵, 不能起身, 憤怒之極, 越發增病。到後各王子怕惱他, 分付不要傳梆, 分差幾箇副總兵・總兵, 札守各路。奴酋病已不支, 到八月初十日身死了。

　　荼毒[33]三韓十許年, 骨齊長白血平川。
　　蒼天不令淫人禍, 首領猶教得保全。

　　各王子將來殯葬, 自照胡俗, 探籌[34]得長的爲憨, 是四王子探着, 佟李兩箇與眾將士, 俱推尊, 四王子襲位。
　　這邊毛帥不時有人打聽, 得知消息, 道: "論起王師不伐喪, 但這些韃奴, 知甚禮義, 若以仁義施與他, 也迂闊之極。不若乘喪中不及防備, 時攻打他, 莫待他人心已定, 得以承父之勢爲害。" 仍舊差人出哨攻剿。這日是八月二十二日。有一箇副總兵, 叫做孟剛都都大人, 領着部下三千韃賊, 屯住清河[35]峪, 防備南兵。却被我兵選鋒都司李尚忠出哨到清河峪, 遠遠望

　　29　六韜(육도): 중국 周나라의 太公望이 지은 兵法書.
　　30　九地(구지): 적에게 쉽사리 발견되지 않을 만한 곳. 孫子兵法 상의 아홉 가지 땅이라는 의미도 있다.
　　31　老憨(노감): 촌뜨기. 시골뜨기. 여기서는 누르하치를 지칭하는 말로 쓰였다.
　　32　着(착): 差의 오기인 듯.
　　33　荼毒(다독): 해를 끼침. 고통을 줌.
　　34　探籌(탐주): 제비를 뽑음. 추첨함.
　　35　清河(청하): 압록강의 옛 명칭.

有烟火, 他着一箇撥夜潛在草中去看, 望見隔岸有百餘頂皮帳, 中間一頂
氊帳, 沿河放上許多馬匹, 有些韃子在那裡看馬的, 也有在那廂燒野獸肉,
喫馬乳酒的。總之倚着隔河, 所以懈怠。(撥夜)回報, 李尙忠想道: '見食
不搶[36], 到老不長, 沒箇見韃子不拿的。'却看看自己部下, 兵止得三百多
人, 近他不得, 忙差人催別路人馬, 自己思量乘夜間無月做事。捱到初更,
帶領這三百人, 悄悄在淺處渡了河, 一齊望皮帳裡撲來, 摸着就殺, 約也砍
了八十多人。其餘有馬的沒器械, 有器械的沒盔甲, 盡行逃躱。被他砍到
氊圍裡, 拿住一箇夷將, 正是副總兵孟剛都都大人, 還有四箇家丁[37]安勒
等, 都被李尙忠來綑了。搶得些韃馬, 將孟剛都都大人一干, 夾在兩馬中
間, 首級稍[38]在別匹馬上, 仍舊渡了河, 飛奔南營來。走到天明, 已五十餘
里, 恰好[39]遇見選鋒遊擊馬應魁, 領着兵六百到來。兩邊正說拿得箇夷將,
只見後面有人發喊道: "韃子來了!" 只因奴酋法度利害[40], 隊長被殺, 殺一
隊, 把總被殺, 殺一總[41], 大將被殺, 殺一軍。這些韃兵逃躱得南兵了, 轉復
到沙場會齊[42], 不見了總兵, 先撿殺死屍首, 不見他。又分投在樹林草地
中尋, 都不見影, 止尋他的馬在空地上喫草。 知道是被拿, 以此捨死來
趕。馬應魁見了, 對李尙忠道: "你且先押着賊將走, 待我抵擋他一陣." 看
他將到, 先是一陣火器, 打倒他幾箇爲頭的, 其餘正在觀望。馬游擊乘着
自己是生力兵[43], 韃兵一早追了五十里, 也是倦怠的。便率衆砍殺上前, 把
這一干韃子殺退, 殺得首級二十餘級, 生擒武賴・撒哈・南哈大共三箇,

---

36 見食不搶(견식불창): 음식을 보거나 연회에 가서는 반드시 예의를 차릴 필요가 없다.
(見到食物或飮宴, 不必客氣.)는 뜻.

37 家丁(가정): 관원이나 장수에게 소속된 하인이나 사적 무장 조직. 將領에게 소속된
정식 군대 외에 사적 조직으로 만들어진 최측근 친위 정예 부대를 일컫기도 하였다.

38 稍(초): 梢의 오기.

39 恰好(흡호): 마침.

40 利害(이해): 厲害. 사나움. 심함. 지독함.

41 一總(일총): 把總은 449명으로 된 司의 營官이니, 449명인 셈.

42 會齊(회제): 집합함. 회합함.

43 生力兵(생력병): 새로 투입된 군대.

合着⁴⁴李尙忠一齊南奔。韃賊又合了六千多人趕來, 李‧馬兩箇自知不敵, 不復抵對⁴⁵, 直走烏龍江。此時已是三更, 喜得參將時可達‧遊擊王甫有兵船在彼, 連忙⁴⁶接渡。韃賊到岸, 衆人已在中流, 炮箭齊發, 將韃(賊)許多打落馬下。韃賊無可奈何, 只得退去。各將又回舟上岸, 乘黑夜中追殺, 斬首四百零六級, 生擒番革‧經素‧蘇人太三名, 器械馬匹不計其數。然後回兵。

這一戰雖非大經行陣⁴⁷, 却生擒奴酋大將一人。若非接應周密, 李尙忠三百人, 不惟輕撩虎口, 連馬應魁六百人, 也不能瓦全⁴⁸。這東江之師, 眞一支疑神疑鬼之兵。此閱視科臣⁴⁹所云: "如文龍, 不可不謂豪傑, 亦不可不謂之偏鋒⁵⁰, 若能養成一隊精銳之兵。設伏用間⁵¹, 乘敵出奇, 文龍自信其能, 職等亦信文龍之能也。"⁵² 奴酋之死, 以爲撓之疲之所致, 亦事之莫須有⁵³也。

嘗聞東江遼兵最耐苦, 持炒一升, 可支十許日, 晝伏夜行, 臥草湌霜, 能出不意殺人擒人, 皆一班可用之士。今其士固在也, 誰其用之, 誰其用之!

---

44 合着(합착): 함께함.
45 抵對(저대): 맞섬. 대항함. 항거함.
46 連忙(연망): 급히. 얼른. 바삐.
47 行陣(행진): 줄지어 진을 치는 것.
48 不能瓦全(불능와전): 기왓장이 온전하게 되기를 바라지 않음. 의리를 지키다가 장렬하게 죽은 것을 슬퍼할 때 쓰는 표현이다. 《北齊書》 권41 〈元景安傳〉에 "대장부는 차라리 옥이 부서지는 것처럼 죽을지언정, 기왓장이 온전하게 되기를 바라지는 않는 법이다.(大丈夫, 寧可玉碎, 不能瓦全。)"라는 말에서 유래하였다.
49 科臣(과신): 벼슬아치들에 대한 규찰을 맡아 보던 관원. 1626년 熹宗이 翰林院編修 姜曰廣과 給事中 王夢尹을 사신으로 보내어 東江을 보도록 한 일이 있다.
50 偏鋒(편봉): 일상적인 방법을 택하지 않고 문제를 해결하고 승리를 위해 새로운 방법을 찾는 것을 비유하는 말.
51 用間(용간): 이간책을 씀. 간첩을 이용함.
52 黃景源(1709~1787)의 시문집 《江漢集》 권5 〈移弘文館, 論東江狀(拉東江志)〉에 나옴.
53 莫須有(막수유): 혹 있을지도 모름.

第三十回 甌拯恤寒儒生色 請附試文脈重延

間俛仰[1]于天地, 嗟難堪兮遭窮, 維士也之不祿, 乃恆與之遭逢。 與齒奪角[2],
窮之因也; 朝呻暮吟, 窮之媒也; 執禮守義, 窮之兆也; 骨亢氣高, 窮之展轉而
不能去也。 況復賊固喜通, 爲世之運; 附盈抑竇, 爲世之性。 名以賄成, 身緣
賂進, 誰憐自好之儒, 莫爲入溺之拯。 珠滿胸而難襦[3], 玉蒙璞[4]而自蘊。 歲復
歲兮, 年華[5]徒轉, 吾猶吾兮, 頭角不新。 徑有宿草, 釜有遊塵[6], 旣鮮近戚, 亦

1　俛仰(면앙): 俛仰之間. 머리를 숙였다가 드는 사이. 순식간.

2　與齒奪角(여치탈각): 이빨을 주면 뿔을 빼앗음. 세상사의 이치로 볼 때, 양립하는 두
가지를 동시에 다 얻을 수는 없다는 것을 말한다. 《漢書》 권56 〈董仲舒傳〉에 "하늘은 역
시 고루 공평하게 나누어 주었으니, 강한 이빨을 준 동물에게는 뿔을 주지 않고 날개를
달아준 새에게는 두 다리만을 주었으니, 그 큰 것을 받은 동물은 다시 작은 것을 가질
수 없는 법이다.(夫天亦有所分子, 予之齒者去其角, 傅其翼者兩其足, 是所受大者, 不得取
小也。)"라고 하였다. 이를 사자성어로 '予齒去角'이라 하는데, 줄여 '齒角'이라고만 하기도
한다.

3　難襦(난유): 지방관이 선정을 베풀기 어려움을 일컫는 말. 後漢 때 廉范이 蜀郡太守가
되어 선정을 베풀자, 백성들이 그를 좋아하여 노래하기를 "염숙도여, 어찌 그리 늦게 왔
느뇨. 불을 금하지 않아서, 백성들이 밤일을 편안히 하여, 평생에 속옷도 없다가 이젠
바지가 다섯 벌이라네.(廉叔度! 來何暮? 不禁火, 民安作, 平生無襦今五袴。)"라고 했던 데
서 온 말이다.

4　玉蒙璞(옥몽박): 玉璞이란 옛날 楚나라의 卞和라는 사람이 일찍이 楚山에서 옥박을
얻어 초나라 厲王과 武王 2대에 걸쳐 왕에게 바쳤으나, 그때마다 玉人의 잘못된 판정에
의해 왕을 속였다는 죄목으로 양쪽 발꿈치를 다 베이었는데, 文王이 즉위함에 미쳐서는
변화가 이 옥박을 안고 초산에서 3일을 밤낮 운 끝에 왕명에 의해 그 옥박을 다시 조사하
게 한 결과 마침내 寶玉을 얻게 되었던 고사에서 온 말. 따라서 아무도 알아주는 이 없는
처지에서도 꿋꿋하게 자신의 의지를 굳게 지키는 것을 비유한 말이다.

5　年華(연화): 年光. 세월.

6　釜有遊塵(부유유진): 매우 청빈한 삶을 이르는 말. 後漢 때의 은사인 范冉은 字가
史雲이다. 桓帝 때에 萊蕪 지방의 장관으로 나가라는 명을 받았으나 모친상을 당하여
부임하지 않았으며, 그 뒤에도 여러 차례 벼슬할 기회가 있었으나 나아가지 않고 청빈한
생활을 하였다. 그래서 당시 사람들은 그의 청빈한 삶을 노래하여 "시루 속에 먼지 나는
범 사운이요, 솥 속에 물고기 헤엄치는 범 내무로다.(甑中生塵范史雲, 釜中生魚范萊
蕪。)"라고 하였다.

寡故人。稚子罷嬉而飲泣，細君[7]薄愛而嬌嗔，語絮絮[8]以衷亂，愁冉冉以夢驚。典騙驌[9]兮，破憂爲歡；對樵頭[10]兮，因憐愧生。待欲步宣尼[11]，執鞭[12]以爲徒，多財固所樂，傲骨[13]不可鋤。更欲老未邦，原田無半趾，奇贏[14]或可操，箱中乏錙黍。有負頭上巾，還羞與噲伍[15]，閑中投筆[16]自沉思，愁是顛毛欲染絲[17]，雙眉難展，老將至，五車二酉[18]何人知。不如仗劍去，帷中借前箸[19]，將

---

7 細君(세군): 아내를 달리 부르는 말.

8 絮絮(서서): 끊임없이 재잘거리는 모양.

9 驌驦(숙상): 옛 良馬의 이름. 肅爽이라고도 한다. 춘추시대 唐의 成公이 楚에 갔을 때 두 필의 肅爽馬를 가지고 있었는데 子常이 그 말을 가지고 싶어 했으나 주지 않았다 한다.

10 樵頭(초두): 나무꾼

11 宣尼(선니): 孔子의 별칭. 漢나라 漢平帝 元始 원년에 孔子를 追諡하여 褎成宣尼公이라고 하였다.

12 執鞭(집편): 남을 경모하여 따라감. 너무도 사모한 나머지 아무리 천한 일이라도 마다하지 않겠다는 뜻이다. "晏子가 지금 살아 있다면 그의 마부가 되어 말채찍을 잡는 일이라도 흔쾌히 할 것이다.(假令晏子而在, 余雖爲之執鞭, 所忻慕焉.)"는 司馬遷의 말에서 나온다.

13 傲骨(오골): 오만 방자한 병통. 남에게 굽히지 않는 자존심 강한 성격.

14 奇贏(기영): 상인이 장사하여 남긴 이익. 남는 재물로 기이한 물건들을 축적한 것.

15 還羞與噲伍(환수여쾌오): 樊噲와 섞이길 부끄러워함. 漢高祖 때 韓信이 楚王으로 있다가 淮陰侯로 강등되자, 예전에 舞陽侯 樊噲가 자신에게 무릎 꿇고 절하며 번쾌 자신을 臣이라고 일컬었던 일을 생각하며 "내가 마침내 번쾌 같은 이와 동렬이 되었구나.(生乃與噲等爲伍.)"라고 자조적인 말을 한 데서 온 말로, 그와 함께 어울리기를 수치스럽게 여겼던 것이다.

16 投筆(투필): 붓을 던진다는 말. 從軍을 뜻하는 말이다. 後漢의 명장 班超가 젊었을 때 집이 가난하여 항상 글씨를 써 주는 품팔이 생활을 하다가, 한번은 붓을 던지면서 말하기를 "대장부가 별다른 지략이 없다면, 부개자나 장건이라도 본받아서 이역에 나아가 공을 세워 봉후가 되어야지, 어찌 오래도록 필연 사이에만 종사할 수 있겠느냐.(大丈夫無它志略, 猶當效傅介子張騫, 立功異域以取封侯, 安能久事筆研閒乎?)"라고 하더니, 뒤에 과연 節符를 쥐고 西域에 나아가 공을 세워서 定遠侯에 봉해진 고사가 있다.

17 染絲(염사): 사람이 환경의 변화에 따라 심성이 바뀌는 것을 슬퍼한다는 말. 墨子가 실을 염색하는 사람을 보고 탄식하기를 "푸른 물을 들이면 푸르게 되고, 누런 물을 들이면 누렇게 되니, 넣는 곳에 따라 그 색이 변하는구나."라고 한 데서 나온 말이다.

18 五車二酉(오거이유): 二酉五車. 중국 湖南省에 있는 大酉, 小酉 두 山에 고서 천 권과 惠施의 장서가 다섯 수레[五車書]가 소장되었다는 뜻으로, 장서가 많은 것을 말한다.

19 借前箸(차전저): 謀臣이 작전 계획을 세우는 것을 말함. 漢나라 張良이 책사 酈食其의

略兮非所長, 報國兮良所志。 步允文[20]之奇跡, 學安石[21]之賭墅, 眼前且免交
謫[22], 遠去頓踈內顧, 更敎一日死戈矛, 喜身亡兮愁無所附。

右《悲士窮賦》

天下最苦是書生, 兩本殘編, 一枝枯管, 已耗盡他心力, 消盡他歲月, 何
暇治生, 則窮所必至, 既不能豐衣足食, 先愁箇女哭兒啼。況近來風習, 不
差奔兢[23], 窮儒那得去厚禮[24]拜門生[25], 厚鈔應分子[26], 做屏做軸, 與央[27]分
上。 是到考還要憂考, 無日不是憂愁悲憤, 已是堪憐。 若又撞亂離時節,
這極該矜惜。 河東失時, 無恥之徒, 衣巾迎降, 不知禮義旣喪, 着此何爲!
還剩這幾箇, 是箇惜廉恥·愛名節的, 不要說道'不收拾, 復爲虜用.' 只是

꾀를 배척하며 高祖에게 "앞에 있는 젓가락을 잠깐 빌려서 대왕을 위해 계책을 설명하겠
다.(臣請借前箸爲大王籌之.)"고 한 데서 나오는 말이다.

20 允文(윤문): 南宋의 文臣 虞允文을 가리킴. 일찍이 禮部郞官 등을 역임하고, 金나라에
사신을 다녀와서 武備의 확충을 건의한 바 있었는데, 뒤에 과연 金主가 大軍을 거느리고
쳐들어와서 采石山 아래 진을 치고 있을 때, 우윤문이 소수의 패잔병을 수습하여 위험을
무릅쓰고 督戰을 강행하여 마침내 채석의 大捷를 거두었다. 그로부터 그는 20여 년 동안
出將入相하면서 벼슬이 參知政事, 左丞相兼樞密使에 이르렀다.

21 安石(안석): 東晉 謝安의 자. 謝安이 會稽의 동산에 은거하다가 40세가 넘어 벼슬길에
나갔는데, 前秦의 苻堅이 백만 대군을 거느리고 쳐들어와서 京師가 진동할 때 孝武帝가
사안에게 征討大都督을 임명하였다. 위급한 와중인데도 사안은 수레를 대령하게 하여 산
중의 별장으로 나가서 여러 친구들이 다 모인 가운데 자기 조카인 謝玄과 별장을 걸고
내기 바둑을 두고서 한 밤중에야 돌아와 출정하였다고 한다. 賭墅는 위급한 때를 당해서
도 두려워하지 않는 대장의 풍도를 보였던 데서 온 말이다.

22 交謫(교적): 여러 사람이 번갈아 두루 꾸짖는다는 말.《詩經》〈北門〉의 "내가 밖에서
들어오자, 식구들이 번갈아 나를 꾸짖네.(我入自外, 室人交遍謫我.)"라고 한 데서 나온
말이다.

23 奔兢(분경): 관직이나 이권을 노리고 大官이나 세도가의 집에 드나드는 일.

24 厚禮(후례): 후한 선물. 훌륭한 선물.

25 門生(문생): 儒學의 대가에게 직접 학업을 전수받은 사람을 弟子라 하지만, 간접적인
지도를 받은 사람을 일컫는 말.

26 分子(분자): 份子. 축의금.

27 央(앙): 央中. 중개를 의뢰함.

使這干文士死于饑寒草莽, 于心安乎? 全遼士人, 不肖的固多, 忠義的不
少, 除衣巾迎降的外, 如九連城繆氏四秀才²⁸, 助兄指揮, 破家亡身, 以殉
國; 王秀才, 率兵潰出遼陽圍; 就是毛帥部下, 也有一箇到朝鮮請兵復遼
陽的王一寧²⁹, 獻計搗牛毛寨的葛永貞。還有一干, 力不能破賊立功, 智不
能出奇借箸³⁰, 却一段義膽忠肝, 便歷顚沛流離不變。託身在窮島之中, 如
董朝紳³¹一干, 他這一起³²秀才, 歷年在島, 不下二百多人。當他隨着難民
來時, 蓬頭跣足, 衣破衫穿, 形容枯槁, 口裡稱說是某學某學, 或是廩³³, 或
是增, 或是附, 那箇信他。毛帥念是斯文一脈, 極其撫安賙恤³⁴, 月與銀
米。到後來聚有百餘人, 毛帥道: "諸君旣不忘本朝, 有志功名, 不若且在
島肄業, 以俟河淸³⁵." 在鐵山立一箇學, 建箇文廟, 使他逐月在廟中作文

---

28 秀才(수재): 州나 郡에서 뽑아 入朝케 한 才學이 뛰어난 사람을 가리키는 말.

29 王一寧(왕일녕, ?~1621): 명나라 말기 요동 사람. 登萊巡撫 袁可立의 幕府에 투신하
여 毛文龍을 따라 遼海에서 후금과 선부하었으며, 또 鎭江城 신생에도 참긴하여 전긍 을
세워 登萊通判이 되었다. 그러나 모문룡이 권세 있는 환관들에게 뇌물을 주며 내통하여
사납고 방자하게 굴었는데, 왕일녕이 그의 면전에서 힐난하자 모문룡이 왕일녕을 모함하
여 북경으로 압송되었고 許顯純을 사주하여 그를 죽였다.

30 借箸(차저): 남을 위하여 책략을 세움.

31 董朝紳(동조신):《仁祖實錄》8년 11월 9일조 1번째 기사를 보면 '董祚'로 나오는데,
그는 千總으로서 差官 錢國海를 동행한 인물임.

32 一起(일기): 함께. 더불어.

33 廩(늠): 廩生. 廩膳生員의 약칭. 관비생. 관청에서 돈과 양식 등을 지급한 생원. 생원
에는 增生, 附生, 廩生, 例生 등이 있었다. 明代 초기에는 각 학교의 학생 수가 일정하게
정해져 있다가, 얼마 후에는 정원 외에 증원[增生]을 마음대로 하였다. 그러다가 宣宗 때
에 와서는 증원의 수도 정하는 동시에 학생들에게 廩料를 지급하였으니, 이를 廩膳生員이
라 하고, 증원된 학생은 增廣生員이라 하였으며, 인재가 많아짐에 따라 정원 외에 더 뽑아
말석에서 청강하게 하였으니 이를 附學生員이라 하였다. 처음 입학한 부학생원을 제외한
이들 학생은 모두 국학에 뽑아 올리는 세공의 대상이 되었다. 이밖에 아직 입학하지 못한
士子들은 통틀어 童生이라 하였는데, 鄕試가 실시되는 해에 이들 중에서 한두 명의 우수
한 자를 뽑아 여러 학생들과 함께 試場에 들어가게 하였으니 이를 充場儒生이라 하였다.
이들은 이 시장에서 합격할 경우 곧 擧人이 될 수도 있었지만, 합격하지 못할 경우는 提學
官이 실시하는 시험이 있을 때를 기다려야만 하였다.

34 賙恤(주휼): 가난한 사람을 구하여 도와줌.

35 俟河淸(사하청): 언제나 흐려서 누런 黃河의 물이 맑기를 기다린다는 뜻으로, 될성부

字。 後邊要容送他進山東各府附學。 却又無憑, 又怕人道他越職侵官不敢, 後來查得喻巡撫, 曾將遼東秀才題, 准附山東省試, 毛帥要爲他援例具題。 恰好翰林姜編修日廣[36]·工科王給事夢尹[37], 出使朝鮮, 奉旨因便閱視江東[38], 使完來至鐵山。 毛帥與他相見, 說及諸生[39]中儘有圖上進的, 求他具題。 兩使臣道:“這些秀才, 旣無學冊, 止有一箇考試, 可以辨別。”分付明日考試。 不知這二三百人中, 也有冒名生員, 不是眞正的, 也有年老, 無意功名的, 也有年事[40]還强, 流落之中, 疎了筆硯的。 實落[41]自揣本領[42]不荒的, 約有二三十箇, 來見姜翰林·王掌科。

　　寥落多如瘦鶴形, 藍衫[43]無復舊時靑。
　　絶糧陳蔡阨尼父[44], 皂帽遼東病管寧[45]。

___

르지 않은 일을 기대함을 이르는 말. 황하가 천 년 만에 한번씩 맑아지는데, 황하가 맑아지면 聖人이 나온다고 하였으므로, 전하여 태평성대를 의미하기도 한다.

36　姜編修日廣(강편수왈광): 編修 姜日廣(?~1649). 명나라 江西 新建 사람. 자는 居之, 호는 燕及. 1619년 진사가 되고, 編修에 올랐다. 1626년 朝鮮에 사신으로 다녀왔다. 중국의 물건은 하나도 가져가지 않았고, 조선의 돈 한 푼도 가져오지 않았다. 다음 해 魏忠賢이 東林黨이라 하여 削籍했다. 崇禎 초에 右中允으로 재기하여 1642년 南京翰林院을 관장했다. 1644년 南都에서 군왕을 세우는 회의에서 潞王을 세울 것을 주장했다. 福王이 서자 예부상서 겸 東閣大學士에 올랐는데, 자주 馬士英과 비방전을 벌이다가 퇴직하고 돌아왔다. 나중에 左良玉部將 金聲桓이 江西 지역에서 反正을 일으키고 그를 불렀는데, 전투에서 패하자 연못에 몸을 던져 죽었다.

37　王給事夢尹(왕급사몽윤): 給事中 王夢尹. 명나라 直隸省 眞定府 寧晉縣 사람. 자는 叔任, 호는 樂萃. 1619년 진사가 되고 1625년 工科給事中이 되었다가 兵科給事中으로 옮겼다. 姜日廣과 함께 조선에 사신으로 다녀오면서 모문룡의 皮島를 순시하였다.

38　江東(강동): 東江의 오기.

39　諸生(제생): 고시에 합격하여 府, 州, 縣의 각급 학교에서 학습하던 生員을 말함.

40　年事(연사): 나이. 연령.

41　實落(실락): 확실함. 틀림없음.

42　本領(본령): 재능. 기량. 능력.

43　藍衫(남삼): 쪽빛 적삼. 秀才를 가리키는 말로도 쓰인다.

44　絶糧陳蔡阨尼父(절양진채액니부): 孔子가 도를 펴기 위해 천하를 주류했을 적에, 일찍이 衛나라를 떠나 陳나라와 蔡나라의 들판에서 이들 나라의 大夫들에게 포위되어 7일 동안 양식이 떨어져서 從者들이 모두 굶주리고 병들어 큰 곤액을 치렀던 일을 가리킴.

腮曝[46]斜陽悲敗甲, 羽摧急飆嘆踈翎。
珠沉已擬淪滄海, 何幸窮荒見使星[47]。

上前來行禮, 大都有巾無衫, 有衫無靴, 面目黎黑, 形容枯槁, 一班疑鬼
疑魅人物。參罷, 備道[48]生員們不幸身遭兵火, 棲遲海濱, 或是家丁還有二
三, 或是孑然一己, 求太宗師作養, 有淚下的。姜翰林 · 王給事也爲淚下,
道: "諸生能不忘本朝, 又且顚沛之中, 不廢學業, 其志可加[49]。我今日試你
們一藝。若果文理[50]稍通, 下官[51]爲你具題。或附北畿, 或附山東, 一體
考." 衆秀才道: "只恐生員原是邊方菲才, 又經荒廢, 不堪太宗師大教." 此
時毛帥已差人備有紙筆供給, 姜翰林出了一箇題, 目是:

「居處恭, 執事敬, 與人忠, 雖之夷狄, 不可棄也.」[52]

做了半日, 紛紛來納卷。內中有幾箇寫幾句腐本頭[53]的, 有幾箇寫幾句
直條直縫沒衚衕[54]的文字。內中有董朝紳一起, 共十餘名, 文字饒有思致,

---

45 管寧(관녕): 三國시대 魏나라 朱虛 사람. 자는 幼安. 일찍이 황건적의 난리를 피하여
遼東으로 건너가서 生徒들을 가르쳤는데, 난이 평정되자 明帝가 太中大夫, 光祿勳 등으로
거듭 불렀으나 일절 응하지 않고 37년 동안 학생들을 가르치며 淸貧을 달게 여겨 항상
검은 모자[皁帽]만 착용하고 지냈다고 한다.
46 腮曝(시폭): 困頓. 좌절이나 곤궁을 비유하는 말.
47 使星(사성): 임금이 지방에 파견한 使臣을 가리키는 말. 後漢의 和帝가 즉위하여 각
州縣에 微服 차림의 使者를 파견해서 風謠를 채집하게 하였는데, 두 명의 사자가 益州에
당도하여 李郃의 候舍에 투숙하였다. 그날 밤에 이합이 두 사자에게 별을 가리키면서,
"두 사성이 익주의 분야로 향하였다.(有二使星向益州分野.)"라고 한데서 온 말이다.
48 備道(비도): 자세히 말함.
49 加(가): 嘉의 오기.
50 文理(문리): 글의 뜻을 깨달아 아는 힘.
51 下官(하관): 옛날, 관리가 자신을 낮추어 이르는 말.
52 《論語》〈子路篇〉에 나오는 구절.
53 本頭(본두): 속어로서, 책 또는 저작 등을 일컫는 말.
54 衚衕(호동): 거리 또는 골목이란 뜻이나, 여기서는 속되다는 의미인 듯.

筆下亦復瀟洒。姜翰林與王掌科看了，道：“不謂流落之中，有此數人！”將
卷子來批點⁵⁵了，獎賞一番。毛帥又差人送花紅⁵⁶，兩使臣將來分別賞了。

　　欲落鹽車淚⁵⁷，空爲攊⁵⁸內鳴。
　　偶然逢伯樂⁵⁹，萬里快橫行。

　又閱視了海上情形，如東江兵馬之强弱·錢糧之盈詘·屯田。各項完
了，自鐵山由海至京復命⁶⁰。曾于⁶¹遵旨⁶²便道⁶³詳閱事竣，謹陳海外情形
本上，列遼士一款⁶⁴道：“內地如山東，已容其入闈⁶⁵中式⁶⁶，用示優異，而海
外諸生，仍不宜終錮海隅，令抱向隅之泣⁶⁷。”既經使臣具題了，毛帥也具

---

55 批點(비점): 시문 등을 비평하고 권점을 붙임.
56 花紅(화홍): 축하 금품.
57 鹽車(염거): 소금 수송하는 수레. 이는 良馬가 駑馬와 어울려 소금수레를 끈다는 말로, 사람의 不遇之嘆을 뜻한다.
58 攊(력): 櫪의 오기.
59 伯樂(백락): 춘추시대 秦穆公 때 사람으로 孫陽을 이르는 말. 옛날 늙은 천리마가 누구에게도 인정을 받지 못한 채 소금 수레[鹽車]를 끌고 험준한 太行山을 넘어가다가 힘에 지쳐서 더 이상 못 가고 쓰러졌는데, 伯樂이 虞坂을 지나다가 이 말을 알아보고는 통곡하며 옷을 벗어 덮어 주자, 천리마가 백락을 쳐다보며 슬프게 우는 소리가 하늘에 사무쳤다는 이야기가 전한다. 《戰國策》〈楚策〉에 “대저 늙은 준마가 소금 수레를 끌고 태항산을 올라가자면 발굽은 무력하고 무릎은 꺾이며, 꼬리는 처지고 살갗은 문드러지며, 몸의 진액은 땅에 뿌려지고, 흰 땀은 줄줄 흐르는 가운데, 산비탈 중턱에서 머뭇거리며, 끌채를 등에 진 채 올라가지 못하고 있을 때, 마침 백락이 그 준마를 만나거든, 대번 수레에서 내려 부여잡고 통곡을 하고, 모시옷을 벗어서 준마를 덮어줄 것이다.(夫驥之齒至矣, 服鹽車而上太行, 蹄申膝折, 尾湛胕潰, 漉汁灑地, 白汗交流, 中阪遷延, 負轅不能上, 伯樂遭之, 下車攀而哭之, 解紵衣而冪之.)”라고 한 데서 온 말이다.
60 復命(복명): 명령을 받고 일을 처리한 사람이 그 결과를 보고함.
61 曾于(증우): 일찍이.
62 遵旨(준지): 제왕의 명령을 받듦.
63 便道(편도): 가는 김에.
64 一款(일관): 한 조목.
65 入闈(입위): 과거를 치를 때, 응시자 감독자가 시험장에 들어감. 합격 범위에 듦.
66 中式(중식): 옛날, 과거에 급제함.

一箇本:

　　平遼總兵毛文龍遼士權難勤學業疏曰:

　　慨自三韓失守, 爲犬爲羊[68], 何士何民! 自臣鎭江一捷, 駐師鮮地, 忠招義撫, 歸順之民, 日以百計, 月以千計, 繩繩以來。每於童頂跣足之群, 有自稱曰某某秀才, 未嘗不潸然[69]淚墮, 悲儒流之狼狽, 至此極也。臣亟予之衣冠, 給之資斧, 必爲安揷。職業于天啓三年四月間, 有遵化變夷之揭, 遍告部院[70]科道[71]矣。後稍稍聞風而至者, 踵相接, 數年間不下二三百餘名, 亦給以衣冠資斧如初。旋又立文廟, 權設學政[72]以董之, 朔望謁聖[73]朝闕, 濟濟楚楚[74]也, 恂恂穆穆也。夫諸生當此流離顚沛, 野居草處, 短褐不完[75], 半菽[76]難飽之時, 猶不變素志, 不改常業, 循禮蹈義, 雍遜揖讓, 朝吟夕哦, 正所謂無恒産而有恒心者, 惟士爲能耳。前册使[77]視師[78]鐵山, 諸生相率趨迎, 哀陳苦志[79], 願求

67　向隅之泣(향우지읍): 공평한 대우를 받지 못하고 불우하게 된 처지를 말함.《漢書》〈刑法志〉에, "집안에서 모두 술을 마시며 즐기는데, 한 사람이 벽을 향해서 슬피 울면[向隅而泣], 즐겁던 분위기가 깨지게 마련이다." 하였다.

68　爲犬爲羊(위견위양): 犬羊은 변방에 사는 이민족들에 대한 경멸의 뜻을 지닌 말로 쓰이니, 견양과 같은 오랑캐의 땅이 되었음을 일컫는 말.

69　潸然(산연): 눈물을 줄줄 흘리는 모양.

70　部院(부원): 六部와 都察院 및 翰林院 등의 관직을 일컫는 말.

71　科道(과도): 科道官. 給事中을 일컫는 말.

72　學政(학정): 정식 명칭은 '提督學政'으로, 각 지역[省]의 과거시험과 학교의 일을 관장하기 위해 조정에서 파견하는 관리. 이것은 또 '學臺' 또는 '學使', '學道'라고도 부르기도 하는데 巡撫, 巡按과 더불어 정삼품에 해당하는 관직이다. 이 벼슬은 대개 한림원 또는 진사 출신의 조정 관리가 담당했다.

73　謁聖(알성): 文廟의 孔子 神位에 참배함.

74　濟濟楚楚(제제초초): 많은 사람들의 의관이 단정한 모양.

75　短褐不完(단갈불완): 짧은 털옷도 구비하지 못함. 가난한 사람의 제대로 차리지 못한 옷차림을 일컫는다.

76　半菽(반숙): 쌀과 콩이 반반씩인 콩밥을 일컫는 말.

77　册使(책사): 책봉한다는 詔書를 받든 사신.

78　視師(시사): 군대를 시찰함.

明試[80]。閱臣不勝悲, 亦不勝喜, 隨課以文藝, 一一爲之品題, 嘖嘖許可, 且置不勝收也。切臣武弁, 頗知文墨, 胡塵孔熾, 遑計人文[81], 顧國運汚隆, 全賴士氣。士氣伸, 則神氣[82]振; 神氣振, 則文明盛, 而國祚昌, 國脈長。況我太祖高皇帝[83], 置科登賢, 二百餘禩[84], 猶一日也, 雖當疆圉多故, 而文運丕振。所以士脈之靈, 雖極患難, 而初心不渝, 從王益切。頑鈍如職, 猶知拔遼士于播越[85]之中, 而遼士實切明揚[86]之有日。今皇上神聖踐祚[87], 超廢[88]策淹[89], 幾稱野無遺逸[90], 朝有明良[91], 依稀乎雲從興歌, 菁莪[92]育化, 追媲周文[93]之盛治矣。獨遼士歸順有年, 幽滯[94]異域, 而不得一叨甄別[95]之典, 以觀光于上國, 此固遼

---

79 苦志(고지): 뭔가 기어코 이루겠다는 뜻. 간절한 뜻.

80 明試(명시): 《書經》〈舜典〉의 "제후들에게 말로 진술하여 보고하게 하고, 그 공적이 실제로 있는지 분명히 시험하였으며, 수레와 의복으로 그 공을 표창하였다.(敷奏以言, 明試以功, 車服以庸.)"라고 한 데서 나오는 말. 신하의 공로를 밝게 상고한다는 뜻이다.

81 人文(인문): 예교와 문화를 일컫는 말. 《周易》〈賁卦·彖辭〉에 "인문을 관찰하여 천하를 교화시킨다.(觀乎人文, 以化成天下.)"고 하였다.

82 神氣(신기): 만물을 만들어 내는 元氣.

83 太祖高皇帝(태조고황제): 명나라 朱元璋을 가리킴.

84 禩(양): 祀의 오기. 殷대의 年紀이다.

85 播越(파월): 임금이 난을 피하기 위해 도성을 떠나 다른 곳으로 피란함. 정처 없이 멀리 돌아다님.

86 明揚(명양): 귀천에 구애 받지 않고 덕 있는 자를 기용하는 것을 말함. 《書經》〈堯典〉에 "이미 顯位에 있는 자를 드러내어 밝히고 미천한 사람도 올려서 쓴다.(明明揚側陋.)"에서 나오는 말이다.

87 踐祚(천조): 임금의 자리에 오름. 즉위함.

88 超廢(초폐): 起廢의 오기. 면관된 사람을 다시 벼슬에 씀.

89 策淹(책엄): 은둔한 선비를 불러들임.

90 遺逸(유일): 명망이 높은 사람으로 초야에 묻힌 사람.

91 明良(명량): 明君과 良臣. 곧 현명한 임금과 충성스럽고 어진 신하를 이르는 말이다.

92 菁莪(청아): 무성한 쑥과 같이 많은 인재를 교육함.

93 周文(주문): 周나라 시조 文王. 이름은 姬昌 또는 伯昌. 은나라 紂王 때 西伯에 책봉되었으며, 50년간 周族의 부족장을 지냈다.

94 幽滯(유체): 벼슬에 등용되지 못하고 민간에 틀어박혀 있는 사람.

95 甄別(견별): 선별됨.

士深可悲愍, 而亦聖世之缺典也。 職查天啓五年, 遼東巡撫兪安性,
有欲復遼士先收人心一疏, 蒙聖旨兪[96]其奏, 已令遼士在北直隸[97]等
處考試科擧, 業有例矣。 伏乞皇上仁同一視, 羅廓[98]八荒, 仍准遼士
就省科擧, 或附山東, 或在北京, 一例[99]應試。 從古英雄, 每于困頓挫
摧之餘, 動心忍性[100], 終成百折不回之骨, 做出千秋莫尙之勛, 此理
之常, 鑿鑿不爽者。 職所以于窮荒絶域之間, 旣茹草臥薪而亟亟收岫
士類, 實以士氣爲國家眞命脈, 又安在禮義之不爲干櫓[101], 而禁御之
非盡頗牧[102]哉! 故遼士不可不准科擧, 不可不定省地。 職雖賤弁, 竊
不避斧鉞而冒爲越俎[103], 其亦鄒魯[104]之神明, 有迫于職之肺, 而仰瀆
天威耶!

奉聖旨:「據奏, 甄收[105]遼士, 亦變夷之微權, 同文[106]之讜議[107]也。 科擧

---

96 兪(유): 諭의 오기.
97 北直隸(북직예): 지금의 河北省.
98 羅廓(나곽): 寥廓의 오기. 광활함.
99 一例(일례): 동등하게.
100 動心忍性(동심인성):《孟子》〈告子章句 下〉에서 朱熹의 註를 보면, "동심인성이란 그
마음을 분발시키고 그 성격을 강인하게 하는 것을 이른다.(動心忍性, 謂竦動其心, 堅忍其
性也.)"라고 풀이한 데서 나오는 말.
101 禮義之不爲干櫓(예의지불위간노):《禮記》〈儒行〉의 "선비는 충신으로 갑주를 삼고,
예의로 방패를 삼으며, 인을 머리에 이고 다니고, 의를 가슴에 안고 처한다.(儒有忠信以爲
甲胄, 禮義以爲干櫓, 戴仁而行, 抱義而處.)"라는 말을 활용한 표현. 干櫓는 방패를 이르는
말이다.
102 頗牧(파목): 전국시대 趙나라의 廉頗와 李牧을 가리킴. 염파는 惠文王 때 齊나라를
쳐서 크게 깨뜨리고 陽晉(산동성)을 취하여 上卿에 올랐으며, 이로써 그의 용맹은 제후들
에게 널리 알려졌다. 이목은 棟樑之臣으로 흉노를 정벌하여 혁혁한 공을 세웠으며, 燕나
라와의 싸움에서 대승을 거둬 武遂, 方城 땅을 함락하고, 秦나라 군사들을 赤麗, 宜安에서
대파했으며, 역시 秦軍을 鄗과 番吾에서 대패시켰다. 이런 공로로武安君에 봉해졌다. 이
들은 名將이란 대명사로 쓰일 정도이다.
103 越俎(월조): 越俎代庖. 주제넘게 나서서 남의 일을 대신 해줌.
104 鄒魯(추노): 鄒나라의 孟子와 魯나라의 孔子를 가리키는 말.
105 甄收(견수): 발탁함.

省地, 禮部看議來說.」隨經禮部于七日題復.

奉聖旨：「覽奏, 遼士復還遼土, 就試順天, 甚得掄才, 寓招集之意. 但秋試甚邇, 士從登萊跋涉歸遼, 途遙試阻, 反孤士望. 姑着照甲子例, 中一名于(山)東省, 俟庚午秋盡, 屬順天, 共中四名, 關外遼士, 就試寧前[108], 委爲妥便[109]. 其廩例納監, 暫將印結容監考試, 還行文原籍查確, 方准實歷. 俱如該部所議行.」

旨下, 毛帥卽將島中董朝紳一干, 盡行資與衣糧, 起送赴山東科考[110]. 這干士子, 久絶意于功名, 今日復得科試, 與鄒齊之儒[111]竝驅後先, 不但有以安遼民, 更有以安遼士.

急浪鼓神龍, 輕風借大鵬.
爲霖蘇宇內, 振翮掩蒼空.

由來文士薄武臣如奴, 武人視文士如仇, 不意有翦拂[112]文士如此者, 培植國家元氣多矣. 不然唯急軍士撫遼民, 不復加意, 不幾于委群士爲賊用乎！

---

106 同文(동문): 예악 문물이 같은 것.《中庸章句》제28장에 "지금 천하가 수레는 軌를 같이하고, 글은 문자를 같이하고, 행실은 윤리를 같이한다.(今天下, 車同軌, 書同文, 行同倫.)"라고 한 데서 온 말. 중국과 같은 문화권이라는 뜻이다.

107 讜議(당의): 이치에 바른 의견.

108 寧前(영전): 寧前道. 錦州, 松山, 杏山, 右屯, 大小凌河 등을 포함하는 지역.

109 妥便(타편): 아주 적당하고 편리함.

110 科考(과고): 과거 시험에서, 향시에 응시하려는 사람이 치루는 예비시험.

111 鄒齊之儒(추제지유): 鄒齊 지역의 思孟學派를 가리킴. 전국시대의 儒家 사상가 가운데 형식보다 정신을 중히 여긴 일파이다. 思孟은 子思와 孟子를 이른다. 이 학통은 공자의 중심 사상을 忠恕(충실하고 동정심이 많음)로 파악한 曾子와 연결된다. 증자에게 배운 자사는《中庸》의 작자로 알려졌으며, 맹자 또한 자사의 문인에게서 배웠다고 한다.

112 翦拂(전불): 말의 털을 다듬고 먼지를 씻어 준다는 말. 말에게 사랑을 쏟는 것을 일컫는다.

찾아보기

영인자료

요해단충록 6

『古本小說集成』 72, 上海古籍出版社, 1990.

여기서부터는 影印本을 인쇄한 부분으로 맨 뒷 페이지부터 보십시오.

起這趙山東科考。這千士子久絕意予功名今日

復得科試與鄒齊之儒並驅後先不但有以安遼

民更有以安遼士、

　急浪鼓神龍。　　　輕風借大鵬。

　為霖蘇字內。　　　振翮掩蒼空。

由來文士薄武臣如奴武人視文士如佬不意

有剪拂文士如此者培埴國家元氣多矣不

然唯急軍士撫遼民不徨加意不幾于委群

士為賊用乎

也利舉省地，禮部看議來說照經禮部于七月題

殿奉

聖旨覽奏避士復還避士就試順天甚得掄才寓

招集之意但秋試甚邇士從登萊跋涉歸避途遙

試阻反孤士望姑着照甲子例中一名于東省俟

庚午秋盡屬順天其中四名關外避士就武寧前

委爲安便其廩例納監臂將卯結咨臨考武還行

文願籍查確方准實歷俱如該部所議行

首下毛帥即將島中董朝紳一子盡行資與衣體

二十四

入

此論更確

試從古英雄。每于困頓挫摧之餘動不思輕舉

成百折不回之骨。做出千秋莫尚之勳此遼之

常鑒鑒不爽者職所以于窮荒絕域之間卿芽

草臥薪而巫亟收郵士類實以士氣為國家

真命脉又安在禮義之不為于櫥而禁禦之非

盡顏牧哉故遼士不可不進科舉不可不定省

地職雖賤弁籌不避斧鉞而冐為越組其亦郵

魯之神明有迪于職之肺而仰賣天威郵奉

聖旨據奏覈收遼士亦變夷之微權同丈之讞議

聖踐祚超廢策淹幾稱野無遺逸　朝有明良

尿稀乎雲從典歌菁莪育化追媲周文之盛治

矣獨遼士歸顧有年幽滯異域而不得一叨覩

別之典以覲光于　上國此固遼士深可悲憝

而亦　聖世之缺典也職查天啓五年遼東迯

撫喻安性有欲復遼士先收人心一疏蒙　聖

旨俞其奏巳令遼士在北直隸等處考試科舉

業有例矣伏乞　皇上仁同一視羅廓入荒仍

雅遼士就省科舉或附山東或在北京一體處

三十回　七

臣未明臣試閱臣不勝悲。亦不勝喜謹冪以文藝

一一寫之品題噴噴許可且置不勝敬也如臣

武弁頗知文墨胡塵孔燔遐討人文頗　　國運

汚隆全頓士氣士氣伸則神氣振神氣振則文

明盛而　　國祚昌　　國脈長況我　　太祖高皇

帝置科登賢二百餘禩猶一日也雖當罹圉多

故而文運不振所以士脈之靈雖極患難而初

心不渝從玉益切顏鋮如職猶知援遼士于播

越之中而遼士實切明揚之有日今　　皇上神

職業于天啟三年四月間有遭化變夾之拗遍
告部院科道矣後稍稍圖風而至者踵相接數
年間不下二三百餘名亦給以永冠貧斧如初。
旄又立 文廟權設學政以董之朔望謁 聖
朝 關濟濟楚楚也恂恂穆穆也夫諸生當此
流離顛沛野居草處短褐不完牛敉難飽之時。
猶不變素志不改常業循禮踏義雍遜揖讓朝
吟夕曉正所謂無恒產而有恒心者惟士爲能
耳前嘗使覬師鐵山蕭生相率過襄陽苦志

三十回

六

十一欸道內地如山東巳容其入闈中式用示優

異。而海外諸生仍不宜終錮海隅令抱向隅之泣。

既經使臣具題了。毛帥也其一箇本

平遼總兵毛文龍遼士罹難猶勤學業疏曰。慨

自三韓失守爲犬爲羊。何士何民自臣鎮江一

捷。駐師鮮地忠招義撫歸順之民曰以百計月

以千計。繩繩而來。每於童頂跣足之群。有自稱

曰某某秀才未嘗不潸然淚隨悲儒流之狼狽

至此極也。臣亟予之衣冠給之資斧必爲安挿

毛鎮此舉賑善可以願矣

此念良厚

中有董朝紳一起。共十餘名文字饒有思致作下

亦復瀟洒姜翰林與王掌科看了道不謂流落之

中有此數人將卷子來批點了獎賞一番毛帥又

差人送花紅兩使臣將來分別賞了。

欲落臨車淚。　空爲擫內鳴。

偶然逢伯樂。　萬里快橫行。

又閱視了海上情形如東江兵馬之強弱餞糧之

盈詘屯田各項完了自鉄山由海至京復命曾于

邊，旨便道詳閱事峻謹陳海外情形本上列遼

三十四　五

綌事也爲淚下，道諸生能不愧本朝，又且顯沛之

中，不廢學業，其志可加。我今日試你們一戥若果

文理稍通，下官爲你具題，或附北畿或附山東一

體考衆秀才道只恐生員原是邊方非才又經荒

廢不堪太宗師大教，此時毛帥巳差人偹有紙筆

供給姜翰林出了一箇題目，

居處恭執事敬與人忠雖之夷狄不可棄也

做了半日紛紛來納卷內中有幾箇寫幾句腐本

頭的，有幾箇寫幾句直條直縱沒衕衕的文字內

領不荒的約有二三十簡來見姜翰林王掌科

寥落多如瘦鶴形。　　藍衫無復舊時青。

絕糧陳蔡阮尼父。　　皂帽遼東病管寧。

腮顴斜陽悲敗甲　　羽摧急飈噪昧翎

珠沉已擬淪滄海，　　何莘窮荒見使星

上前來行禮大都有巾無衫有衫無靴所形黎黑

形容枯槁一班、疑鬼疑魅人物系罷倘道生員們

不幸身遭兵火樓邊海濱或是家丁還什二三戌

是子然一巳求太宗師作養有淚下的姜翰林王

三十回　　四

他越職侵官不敢。後來查得諭巡撫曾將遼東秀才題。准附山東省試。毛帥要為他授例具題恰好翰林姜編修曰廣，工科王給事夢尹出使朝鮮奉旨因便閱視江東。使完來至鐵山毛帥與他相見，說及諸生中儘有圖上進的求他具題兩使臣道：這些秀才既無學冊可憑止有一箇考試可以辨別。分付明日考試不知這二三百人中也有冒名、生員不是真正的也有年老無意功名的也有年事還強因在流落之中疎了筆硯的實落自揣本

直是武夫
作寫

歷顯沛流離不變、託身在窮島之中、如董朝紳一

干他這一起秀才歷年在島不下二百多人、當他

邊着難民來時蓬頭跣足、衣破衫穿形容枯槁、口

裡稱說是某學某學、或是廩或是增或是附、那箇

信他、毛帥念是斯文一脉、極其撫安、䶵恤月與銀

米、到後來聚有百餘人、毛帥道諸君既不忝本朝

有志功名、不若且在島肄業、以俟河清、在鐵山立

一箇學、建箇文廟、使他逐月在廟中作文字、後遞

要各送他進山東各府附學、却又無憑、又怕人道

三十回

三

失時無恥之徒衣巾迎降不知禮義既喪着此何為還剩這幾箇是箇惜廉恥愛名節的不要說道不收拾復為虜用只是使這干文士死于饑寒草莽于心安乎全遼士人不肖的固多忠義的不少除衣巾迎降的外如九連城繆氏四秀才助兄指揮破家亡身以殉國王秀才率兵潰出遼陽卧就是毛帥部下也有一箇到朝鮮請兵復遼陽的王一寧獻討擣牛毛寨的葛永貞還有一千力不能破賊立功智不能出奇借箸却一段義膽忠肝便

之音跡學安不之賭墅眼前且免交讒遠夫誰

蹂內願更教一日死戈矛喜身凶兮愁無所附

右悲士窮賦

天下最苦是書生兩本殘編。一枝枯管已耗盡他

心力消盡他歲月何暇治生則窮所必至陋不能

豐衣足食先愁箇女哭兒啼況近來風甘不差拳

兢窮儒那得去厚禮拜門生厚鈔應分子做所做

軸與央分上是到考還要憂考無日不是憂愁悲

憤巳是堪憐若又撞亂離時節這急煞矜惜河東

下品象　二十回　二二

猶有英氣

新徑有宿草釜有遊塵旣尠近戚亦寡故人稚
子罷嬉而飲泣細君薄愛而嬌嗔謔絮絮以衷
亂愁冉冉以夢驚典驢驢兮破憂爲歡對樵頭
兮因憐麗生待欲步宣尼執鞭以爲徒多財固
所樂傲骨不可鋤更欲老未邦原田無半畝音
嬴或可操箱中乏錙黍有負頭上巾還羞與贐
伍開中校等自沉恩愁是顚毛欲染絲雙眉難
展老將至五車二酉何人知不如仗劍夫惟中
借前箸將畧兮非所長報國兮民所志步兄文

第三十回

重拯恤寒儒生色　讁附試文脈重延

廝倪仰于天地蹉難堪兮遭窮維士也之不祿

乃恒與之遭逢與齒奪角窮之因也朝呻暮吟

窮之媒也乾禮守義窮之兆也骨尤氣高窮之

展轉而不能去也況復賤固喜通爲世之運附

盈抑窘爲世之性名以膴成身綠賂進誰憐自

好之儒莫爲入溺之拯珠潚胸而難孺玉蒙嘆

而自蘊歲復歲今年摯徒轉吾猶吾兮顚角不

三十回

一支疑神疑鬼之兵。此閩視科臣所云。如文龍不
可不謂豪傑。亦不可不謂之偏鋒。若能養成一
精銳之兵。設伏用間。乘敝出奇文龍自信其能當
等亦信文龍之能也奴酋之死。以爲撓之敝之所
致亦事之莫須有也

當聞東江遼兵最奈苦持妙一丹可支十許日。
晝伏夜行臥草飡霜能出不意殺人奪人首
一班可用之士今其士固在也誰其用之誰
其用之

馬兩簡自知不敵不復抵對直走烏龍江此時已

是三更喜得黍將時可達遊擊王甫有兵船在彼

連忙接渡韃賊到岸眾人已在中流炮箭齊發將

韃許多打落馬下韃賊無可奈何只得退去各將

又回舟上岸乘黑夜中追殺斬首四百令六級生

擒番華經素蘇八太三名器械馬匹不計其數然

後回兵這一戰雖非大經行陣却生擒奴酋大將

一人若非接應周客李尚忠三百人不惟輕撩虎

口連馬應魁六百人也不能尾全遼東江之師眞

二十九回 八

應着不見有他。又分投在樹林草地中尋都不見，

影止尋他的馬在空地上喫草，知道是被拿，以此

捨死來趕馬應魁見了，對李尚忠道。你且先押着

賊將走，待我抵擋他一陣，看他將到。先是一陣火

器，打倒他幾箇為頭的。其餘正在觀望馬遊擊乘

着自己是生力兵，韃兵一早追了五十里也是倦

怠的。便率衆砍殺上前，把這干韃子殺退殺得首

級二十餘級。生擒武賴撒哈南哈大共三箇合着

李尚忠一齊南奔韃賊又合了六千多人趕來李

將正是副總兵孟剛都都大人還有四箇家丁安

勒等都被李尚忠來綁了搶得些韃馬將孟剛都

都大人一干夾在兩馬中間首級稍在別匹馬上

仍舊渡了河飛奔南營來走到天明已五十餘里

恰好遇見選鋒遊擊馬應魁領着兵六百到來兩

邊正說拿得箇夷將只見後面有人發喊道韃子

來了只因奴酋法度利害隊長被殺一隊把總

被殺殺一總大將被殺殺一軍這些韃兵逃躲得

韃兵了轉復到沙場會齊不見了總兵先搶殺死

沿河放上許多馬匹。有些韃子在那裡看馬的。也有在那廟燒野獸肉喫馬乳酒的。總之倚著隔河，所以懈怠回報李尚忠想道見食不搶到老不長。沒簡見韃子不拿的却看看自己部下，共止得三百多人。近他不得恁差人催別路人馬自己思量乘夜間無月做事挺到初更帶領這三百人悄悄在淺處波了河。一齊墼皮帳裡撲來，摸著就殺約也砍了八十多人其餘有馬的沒器械的沒器械盡行逃躲被他砍到窟閬裡拿住一簡夾沒

幾位這邊毛帥不時有人打聽得知消息道會也
上帥不代喪但這些韃奴知其禮義若以仁義施
與他也遼闊之極不若乘喪中不及防備將攻打
他莫待他人心已定得以永矢之勢為害仍傳差
人出哨攻剿這日是八月廿二日有一箇副總兵
叶做孟剛都都大人領着部下三十韃賊也住清
河峪防備南兵都被我兵選鋒都司李南忠出哨
到清河峪遠遠望有烟火他着一箇撥夜游作草
中去脊望見隔岸有百餘頂皮帳中間一頂氈帳

二十九回　六

喊撼得他不住傳梆。這奴酋雖老雄心未消屢次

要自發兵不能起身憤怒之極越發增病到後各

王子怕惱他分付不要傳梆分差幾箇副總兵總

兵札守各路奴酋病已不支到八月初十日身死

了。

痛毒三韓十許年　　骨齊長白血平川

蒼天不令滛人禍　　首領猶教得保全

各王子將來殯葬自照胡俗探籌得長的爲惡是

四王子探着佟李兩箇與衆將士俱推尊四王子

從島了。

六韜同妙筭。　　九地出奇兵

設伏胡心裂。　　潛師虜膽驚

此時哈赤巳是生下一箇大癰疽在肯上臕得介
了兩箇將官折了許多兵馬大惱癰疽越凶了這
邊毛帥審問降夷問哈赤緣何不自來領兵又不
着王子們來有知道的說老憨生有苲疽故此不
能來各王子要看視他不得脫身毛帥如了這消
息越着人去撓亂他或在遼陽或在老寨搖旗呐

二十九回　　五

59

與毛都司早將卜赤打哈擒下哈知卜來脫得身，

且是快活，不料毛有恒在車輦埋伏見兵到悠艇

鎗當先遂擊，一鎗刺中哈知卜來肩窩幾乎墜馬，

得各韃救起逃走。毛有恒後追繞到定川毛永詩

又在前攔任。早把哈知卜來擒下還有一箇監軍

叨哈韶扮作韃兵逃走又被守備毛永義顧成功

自于家庄來擒下各路又共斬韃城首級一百九

十七級生擒了二百八十人又投降夷兵三千三

百多人官兵不無死傷却也殺得他不敢正視雲，

如此布置
不盡敵不
止

求不迭。火器後臨是一陣馬軍長鎗大刀仍殺院

砍滾牌步軍都閃在側任馬軍追殺兩箇牛鹿也

只顧得跑只要脫命毛帥這邊人馬趕箇馬不停

蹄繞到青龍山一聲砲毛永興殺出也只是切菜

似一般切了一陣到得晏延關毛有功炮箭一齊

打來。這兩箇牛鹿好生驚慌兩箇議定哈知卜來

衝先卜赤打哈斷了後且戰且逃若是嫋出悮又

有兵殺出毛有功合了追來追到義州發延關將

又是王承鑾攔中衝出截住一牛只一陣王黎將

二十九回 四

陳繼盛屯札在雲從關，侯候接戰，兩箇牛鹿見一
路無人抵當，說道江東兵馬怕他放心放意直到
鉄山只見一到關開外旌旗映日劍戟凌空札下
三箇大寨中間建大將旗鼓，是毛帥軍容整飭喫
了一驚，立着馬不曾傳令攻打只聽得三寨中一
齊砲響，先是一陣滾牌是放彈子一般貼地滾將
過來，不一刻，已到馬邊刀來得快，一刀就去了幾
隻馬蹄，馬上韃子就跌下來，復是一刀人早兩斷。
後又是一陣火器隨着滾牌來打得這些韃子退

殺砍了他一百十三級各路奪牛羊不討其數七

月初一日一箇牛鹿哈知卜來一箇牛鹿卜赤打

哈領了兩支兵直到雲從島毛帥分付一路將士

各堅壁清野聽他深入着都司毛永詩毛布恒悄

悄駐兵在定川車輦地方只待他兵過然後出兵

截住來路阻他救兵叅將王承蔭都司毛有功伏

在義州晏延開都司毛永典伏兵在璦山青龍山

又着水陸兵曲從恩易承惠陳忿韶等屯札千家

庄彌串堡鎮江各處埋伏應援毛帥自率毛承祚

毛島叢　二十九回　三

打劫得臥兒岡有韃子結立營寨，被他夜間殺去。

劫營秉夜斬了他十三級。十一日奴酋差兵數路來打鉄山，一路從蔡城來，有萬餘韃子，被毛帥將官陳榮截住江口，不容渡江。一箇牛鹿正在那邊過勒衆人下水，被他一砲打去，打死了衆韃兵。無玉潰亂，被陳榮喊殺追射，拿了他八箇，提了三箇婦女。殺了二十多韃子。十三日遊擊李惟盛冀有興在川山抵住他一路，殺他三十多人。十七日都與毛有聯沚者與他一路在大石門嶺七道河大

他便不敢遠出。三月中打聽得奴酋據掠西虜怕
他乘勢窺寧遠因糧不給特着人在高麗,換米七
千包做成棋妙分給將士直殺至遼陽鞍山在兩
處屯兵,此時積雨叉草木繁盛毛帥也在水草中
半月有餘,直到他退兵燒回四月內訪得奴酋驅
掠降民要逼他一同西行渡河被毛帥差兵深入
各處搗巢圍任了會安堡被這干官兵斬搶共有
三十六名,本堡有百姓一千三百多人願歸中國,
各將俱將來渡接入島安揷。到六月衆將毛有仁

毛家囊 二十九四 二一

劍是一人之敵戰也是二軍之事只一箇智字敵
之貪者可以利陷他怯的可以勢撓他躁的可以
怒激他疑的可以術愚他貪可陷如遺弃牛羊金
繒陷他搶奪而攻其亂怯可撓如郭令公揚旗摒
鼓走吐番躁可激如晉文公釋曹囿鄭致子玉來
戰疑可愚如華容多燒烟火誤曹操若是愚之陷
之撓之激之致之死可謂智之極矣然使奴酋不
得生致 關下或是懸首藁揩終是英雄遺恨毛
帥因虜奴入寇寧遠兵出方覺嘗以爲恨故每挑

第二十九回

官軍奇撓斃奴　　　　神將潜師覆虜

塞北胡塵起兵鋒指無堅壘草潤殘脂地

收白骨血流如水遺頑殘合受天誅頑教

竿首長安市奈匡國痛無人蔘落澄沸音

志　節旄空自攜誰向奴投一矢剩孤劍

東滇差雪三朝耻又無如士饑將寒韜天

訝虜竟從容死悲憤想甘陳淚落庵靑史

右塞垣春

二十九回　　一

寧遠之攻東江以不牽制見料猶湫然大海入

歷河西外境入大安謂之何且西虜之欵又

何說不爲我斬截又不爲我緝捅也

旰鳥象

二十八回

來助殺了他姪兒囊台吉，次破他兒子歹安兒，炒
花驚得遠避別柵，然後調瀋陽兵進來做個必勝
之計，又得毛帥直搗遼陽退回去袁撫因其奏序
他的功東江一師，真可爲寧錦犄角之用豈是有
名無實之兵。

寧遠能堅守于堅城累破之餘可云從來城守
第一至毛帥之搗巢真是救關急着若使如
今日竭天下之財養兵一出寧遠一不時搗
巢，虜敢窺大安口乎大爲堅髮。

料毛帥到鎮江時就差人行牌昌城蒲浦將官希
他虛聲搗巢牽他內顧果然這兩處將官各帶兵、
馬入他地方搖旗吶喊過寨柵就攻故意做聲驚
嚇他以此牛毛董古各寨又紛紛傳梆奴首只得
又分兵回守老寨不敢出兵毛帥因各島兵報寧
遠巳是無恙奴兵巳自渡河又因行急不曾多備
得根只得退回鐵山這番毛帥雖不能出奇搗之
便奴首不敢出却也能使他不敢不回後來奴首
四月十七日又發兵入寇寧遠怪西虜炒花發兵
　　　　　二十八回　　　八

悔署都督僉事祖天壽實授副總兵何可詔都司

僉書孫紹祖等各賞銀有差金欽倧獻計燒殿攻

車又因督放西洋銃身死贈三級賜廕給優恤

銀八兩西洋銃封爲安國全軍平遼靖虜大將軍

差官致祭

　　力戰固孤城　　烽烟四野清

　　麒麟銘姓氏　　應不負臣貞

這邊奴酋怕水兵邀截急急渡河由海州直奔太

子河新城屯住打點少息兵馬來與毛帥決戰不

使他不敢來追正在計議袁道見他屯札不去竟

將車子裝着西洋大銃載出西門向奴酋寨中打

發此銃勢能及三十餘里遠纔一舉嚮把他一個

寨子打得踪影也沒這番連累達子已心神慌張

還敢虛聲攻城竟自乘夜拔寨盡行渡河寧遠役

全袁道把達賊退去搪報督師轉題本　吉先陞

袁道做遼東巡撫後論功陞兵部侍郎都察院左

僉都御史廕子錦衣衛千戶世襲滿趙兩總兵各

陞右都督廕子本衛千戶左帝實授都督僉事朱

要解單忠錄　二十八回　七

傳入河西。

大將多奇畧。　　潛師直搗胡。

狂酋應胆落。　　回首恋窮廬。

這邊達馬飛報到寧遠奴酋也不勝驚駭李永芳

又勸他回軍內顧探哨的又報無數兵船進屯廟

羊島猪島如今將次到南汛口奴酋恐他邀截糧

草并歸路一發震驚欲退兵去還怕寧遠有兵追

襲分付後隊且作前隊先據河口以防島兵入三

岔邀截四王子與佟李二將帶兵還虛聲要打城

鳳凰城一路沿邊由威寧海取遼陽一路自腹裡

向甜水站取遼陽兩路齊發所過鎮江鎮灰新仙

堡草河口無不望風逃避直至威寧海有達兵會

馬直冲上前這些兵士無不奮勇隨後將道支達

各處屯堡的來敵約有數千毛帥也不放火器單

賊殺去十分二三搶有百數毛帥分付此行要直

抵遼陽不得帶有首級又進兵到青石嶺扼險下

寨分兵剽掠遼陽附近村方招撫順民征討逆党

又差林茂春王甫直至海州地面大張聲勢使人

莫道火攻爲下策。已看折軸委殘烟。

覷時旅順守將覷有奴兵渡河卽行飛報入鐵山
來毛帥聞知大驚大惱卽將哨探寬奠遼陽一路
人役盡行綑打又道虜巳深入卽搗巢也是緩局
不能牽掣必須一支大兵直走遼陽方可便擬調
各島將官大發戰船大張聲勢在麻羊雙島南北
汛口聲言扼他歸路不許稽遲自巳就帶了陳繼
盛統一支兵由鐵山陸路前往鎮江毛承祿統一
支兵由水路也在鎮江取齊然後又分兵自湯站

芦簾葦席一般引火之物綑做大綑澆了油都從

城頭上撤向車上。然後火箭齊發燒得烈焰連天

火勢昌熾達賊不敢來救車下人也存立不得一

哄走了走不去的都燒死城下袁道又差死士緊

紹祖等五十名各帶綿花火藥將遺下攻車戰車

焚燒一空達賊只得暫退在龍宮寺一帶結營五

百餘座以圖再舉袁道督率將士晝夜防守一面

飛報入京。

臣心如石難輕轉。　遂使孤城似石堅。

叫發火器。一陣打得達賊倒退四五十步却遙見
韃兵中推出一陣車子來。直奔城下這車甚是古
怪上面平舖着五七寸厚大板車下却是人推着
輪行走城上放下鈴子矢石不得透下都溜了去。
不能損傷這干韃奴却安心駕着車在傍城把鍬
鈀斧鑿挖城遠遠是騎馬達賊只待城崩接應此
時袁道站在城上見矢石無功。正在思量却得經
歷金啟倧過來道禀老爺這須用火攻袁道點頭
道正合吾意即委他向城中取乾柴枯草并人家

不及所以要頂先望塵點放如今守我據着高城

只令以靜待動直待他臨城繞放却又不得亂發

分爲幾番第一番見賊到放了火器第二番方樓

上弓箭以便火器上藥第三番是砲石以便弓弩

發矢直待危急矢石交下果然徐徐相縱先是一

陣火器把韃子紛紛打落馬後隊來搶救時弓弩

又發火砲隨到兩個時辰韃賊死傷了許多他見

西門防守嚴整一齊轉攻南門南門是袁巡道與

趙率敎守袁道戒桩執刀往來督促見達兵漸城

肯教一塊土　無敢染腥臊。

又恐賊人據我粮草，反得持久困我，分差守備何可翔等分頭將原貯龍官寺糧米運入覺華島。其餘港爛不堪的，盡行燒毀，還恐賊人分兵掩襲覺華島。又委副總兵祖天壽將沿海冰凌打破，使賊不得乘凍窺伺覺華，正在備達兵巳于廿三日到了連營百里聲勢極盛，到廿四日早將城圍住。

先攻打西門。西門是滿總兵把守，滿總兵分付眾道守奧戰不同，戰時防韃馬來得快，我兵火器放

池趙率教道如今兵馬器械儘勾破賊一意堅守利害明自人心定

再無二三城中百姓聞得達子來也洶洶要逃袁

巡道道你們要逃入關韃子馬快必遭追殺若入

各村堡各村堡的城並沒個堅似寧遠的何不助

我守城我袁崇煥在此斷不使奴酋破城若百姓

有亂動惑衆的我先斬首號令便與滿趙在朱四

人分守四門預先殺牛釃酒大犒三軍免以忠義

各兵都感激效死

享士亟技膠　　　三軍意氣豪

二十八回　　　三

錦州而攻寧遠則錦州孤懸不足為寧遠掎角反

分了兵力故此盡歛錦州兵馬與同兩個總兵滿

桂趙率教副將左甫朱梅一千將官議合力堅守

寧遠地方果然奴兵意在寧遠徑過錦州報到各

將聞他人馬多兵勢銳也各有些慌張袁兵備大

言道　朝廷養士數年有警正立功報主之時豈

得望風先逃崇煥出城一走諸君斬我諸君出城

一步我斬諸君務須與城同存亡滿桂道巡道文

臣尚且慷慨殉城我們武臣豈可不血戰保守城

是個守城的人無胆無智無報國之心遂不能收
堅守之績奴酋恃着他戰勝攻取的人馬每每要
乘冰渡河襲取寧遠無奈毛帥牽制這時是六年
正月奴酋賭傳號令悄悄帶了五萬餘人渡了三
岔河竟取寧遠那邊烽火已是報入寧遠此時分
巡寧遠道是個袁崇煥他因奴酋犯順邊關震動
上疏請守一片石山臨由知縣躐陞僉事再陞寧
使是個有胆力的人他知奴酋渡河必竟垂涎寧
遠錦州雖在寧遠之前城小不堪守且恐奴酋偸

二十八囘 二

艱危歷盡見利器

有將如是今何怯向奴來。

疆場之事非戰則守人道戰危守易公輸子與墨
翟兩個一設器械去攻一設机械去守公輸子不
能勝不知道守也不是易事沒有一段視死如歸
的意氣不能守沒有一段隨机應變的机智也不
能守試看他開原鐵嶺瀋陽遼陽以及廣寧那一
處不是可守之地或拒敵不終朝或聞風而遠遁
國法不能斬慣逃之心重賞不能固三軍之志只

第二十八回

寧遠城火攻走賊　　威寧海力戰擒奴

西風一夜來羌管　　平沙一望胡騎滿

投鞭巳看河斷流　　靴尖更笑城如卵

城中士庶驚且啼　　孤城閉令歸路迷

誰提一旅救水火　　引領空自膽雲霓

紏紏守臣猛如虎　　莫嫌文士不解武

手提長劒倚層樓　　指點三軍發強弩

飛蝗疑箭砲疑雷。　　一戰俄敎勁敵膹。

二十八回　一

33

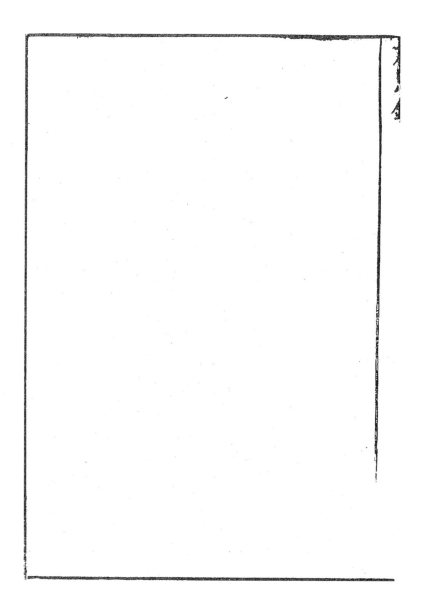

借內監爲用。亦是安中國機畧以招通內之慈
終淡今日轍人之套

二十七回　八

將士正思報恰後來韃賊千餘屯于山八會寨中。

被殺將易承惠等。督兵攻圍一晝夜軍士無不用命生擒韃賊鳴啼唓等二十九名。夷奴一名真的。馬九匹驟一頭韃帽四十頂夷器共五百餘件招回遼民謝坤等五百九十七名。毛帥俱將來分發各島安插將真夷起解獻俘。正是將士感恩圖報。

故所向有功。

是時魏監用事故冊封亦用監臣倘海上單聲

無以伏其心乎樂羊謗書未免不盈篋也。

東西失朝鮮緣何得通這廂毛帥差人持禮赴朝

鮮稱賀兩下交結彼此相依部下將士因　聖上

軫念差內監涉海頒賜銀兩無不踴躍思報尼足

戍守的無不甘心戍守哨探的無不甘心哨探則

戰的無不甘心出戰只待奴酋妄想窺關這干將

士分投搗巢截殺以報　聖恩這正是重賞之下

必有勇夫。

人懷挾續恩。　　共切澄清志。

恢復舊山河。　　龕了人臣事。

二十七回　　　　七

守邊錄

責備是

簡內監道前與新王不忠。你們也該勸諫總是令
聖上洪恩毛帥力奏都不追及只你各官此後須
要抱忠義去輔王就是毛帥或因糧餉不及借糧
也要通那俺 天朝曾爲你平倭費數百萬來切
不可有異心兩內監竣了事也帶領從人自王京
泛海回京新王于兩簡內監厚有贈送兩簡內監
都本肯受新王道有舊例再三饋送兩內監道皆
與應毛帥緩急勝學生得多矣畢竟不受後自海
回登萊一路無恙也都得海島有人之故不然河

歎語也要
恐未必有
乎

他見服新王謝了恩自行着晃服御殿受賀遊兩

內監在銷驛中歇宿進宴之間兩內監御道　聖

意是因毛鎮力爲保奏所以信從着下官不避波

濤遠盃貴國以後須與毛鎮緩急相倚併力同心

剿滅奴酋圖報　聖朝若使如前王背　國厚恩

潛與奴通中國雖不曾致討却禍起蕭墻身死非

命遠也是簡諭車幱王唯唯受命向時翰林科道

去都乞珠玉俾詩達兩簡帶有門下也照例做此

盃詩朝亂豪徒學簡次後按兒朝鮮文武陪臣州

二十七回　　六

棹舉疑鳧奮。

軍聲雜濤壯。　舟移似鳥翔。

　　　　　　　醜虜莫猖狂。

兩箇內監嘖嘖稱賞道俺那邊忠勇營人馬也不弱。

恰沒這等多者是水軍俺那邊不慣坐船在發卯

下那大船俺們便頭暈發吐怎這點點船虜他不

慌這也是一支絕精的精兵都是老先生的節制。

停不上三五日毛帥送他身鐵山入朝鮮京畿道

至王京城朝鮮新王自差官遠接到王京新王自

偕餞伏迎迓循着舊例宣了　詔書炒諭賜

八陣以至大小圍巢極其整飭。

馬帶騰驤氣。　人懷蝎蹶心。

旗旛搖繡螮。　戈戟簇霜林。

又水操初時驚濤一片列與如星也不見一船二

人只聽得一聲炮响四下相應戰船豈止千餘或

分或合怜翔蝴泛鷗一般輕快一般也擺幾簡陣

陣完只見一聲炮各銃齊放火器烟焰冲天及至

烟消焰熄海上仍是一片波濤並無船隻大是奇

幻。

二十七回　　五

官道我曾閱皮島將官齎去殺賊果然是一班豪
傑你們還要輔助毛爺與朝廷出力毛帥就將銀
給段疋與銀兩擺在前面道這
聖上欽賞以特
有功你等當報我以膺
聖眷眾將諾諾而退見後
擺宴酒中又陳說自己可以滅奴的方畧將士开
馬勤勞遼民歸附日多糧餉不敷苦楚是晚醫宦
次日先與他閱視島中馬步兵士下了教塲各將
都統自本部人馬排列陳中軍蔑旗在將臺指揮
先是一元陣後分兩儀再變三才邊爲四門五花

壯猷秘籌勝算結聯屬國獎率三軍養我餘鋒。

制奴死命使封疆克復帥帶爾可盟朕不食言、

爾其仰體欽哉故諭。

宜讀完毛帥與兩內監相揖道文龍非才屢蒙

聖恩愧未殄滅奴酋紆聖上東顧今復蒙恩

兼及庵下敢不竭力致死以奏膚勣兩內監道元

帥屢次搗巢獻俘真是奇功自應有此重賞非能

滅賊。聖上也不惜茅土之封毛帥又謝他跋涉

因令部下將士過來象謁兩箇內監見了這千將

于百員二十七回四

軍駐師窮島偏師時出奇提屢開使逖齎璽書

永遂鶴張巳三年矣。惟爾之庸朕實嘉尚叒恩

各將士殫力行間暴露良苦朕暴于督師輔臣

有錫賚矣茲遺内臣司禮太監王敏政忠勇營

御馬太監胡良輔賫捧詔諭晃服冊封李綜爲

朝鮮國王道縣皮島特賜爾銀一百兩大紅蟒

衣一襲以示眷酬從征將士擒斬功多忠勤可

念朕御前搜括銀四萬兩各樣蟒衣膝襴毀絆

絲一百二十疋畀爾以簡賞功之需爾尚益矢

旗幡極整大小戰船可有百餘隻每船都站有戎

粧將官簇擁着毛帥前來接勅中軍官傳報了兩

遍相見隨備龍亭鼓吹迎．勅諭入皮島上邊陳

設黃屋兩內監站在側邊毛帥率部下拜舞已畢．

然後宣勅。

諭平遼總兵毛文龍。

聖諭朕念遼土未平逆酋鷙伏尚緩策勘時懷

肝食惟賴爾文武大帥殫力勦忠設商制勝期

靖妖氛用雪國恥匪頒厚賞以勵精忠爾提督

十 〔上〕 二十七回 三

羊祭了海，然後出口，向朝鮮取道皮島進發。

　丹詔出雲霄

　　　　揚舲涉怒潮

　征帆迎日近

　　　　畫鶂逐風飄

　浪激舟疑舞

　　　　波狂人欲嘔

　想應郵命者

　　　　消瘦不勝貂

自登州水口至廟島一路，是登萊總兵差兵護送。打水緯將近皇城島，卻是毛帥差人迎接。過了一島，自有一簡將官率領着幾隻戰船，都橾着鮮明旗幟，銳利的兵器迎送，將次到了皮島，早鼓角齊鳴，

鮮國王詔冊晃服，着照例頒賜差遣各員詳議、六

奏後邉差了一箇司禮監太監王敏政忠勇營鄉

馬監太監胡良輔齎捧了冊立李綜爲朝鮮國王

的詔書。勅諭晃旒衮服前往朝鮮 聖上又

軫念毛師偏師海上捣虛扼吭歷有助勞那下將

士東西討擊効力特甚不可不鼓鮮他失津館舖

糧賞是不給所以各有賞賚兩箇太監旣了物打

了兩面欽差冊封金字牌起着夫馬由在登州竹

府縣官員爲他看下兩隻大海船他所領箇牟穀物

卜口象 二十七回 二

19

績自是，朝廷要著朝鮮一節，朝廷自度不能

勤兵千遠，姑把這事權與了毛帥，以固他唇齒先

經行毛帥確查取他會議著李綜暫行國王事以

俟朝命益遲然與他，恐裡沒了李暉忠順無以慰

地下之心且令夷狄笑　天朝為可欺若經毛帥

查後申請畢竟不與覺得毛帥之申請不能行于

朝廷則又令夷狄笑毛帥為贅員他威令不行于

朝鮮朝鮮捍衛他也不力行查後即覆一本冊立

朝盛典聯屬國以固外藩以收內效其

第二十七回

聖眷隆貂璘遠使　朝鮮封脣齒勢成

節使泛星槎　乘風破碧波

詔馳山岳重　恩錫海嵩多

感切頻看劍　鄰恩丞桃戈

誓交清朝漠　鐃鼓奏□歌

昔晉劉弘恩威素著人道得劉公一紙書勝十郡

從事況　天子詔書不令人感恩徼死麼是一紙

書桑英雄之逸志固千里之封疆以虛名而收□

□□□□　二十七回　一

張盤自是可惜人胆而智不死固又一文龍也。

奈旅願可再得張盤不可復生何。

二十六回

八

不過如此

得

奪獲的把艪得過與逃回的百姓都搶了要報償

救回的都帶入三山島旅順搬得一空雞犬皆無

是這地經了一番夷衲又經一番兵禍了

莫言義旅雲霓似　共道王師水火溫

林遊擊見了光景欲待棄去怕失了地險只得將

百姓暫行安揷移文毛帥請添兵餉把守這地方

再行議桃河永爲戰守常策。

張燮金州死節人猶有誉爲貪功生事憶難復

任事哉甚矣議論之口能東英雄之手

冒濫官功

旦些百姓也桑杭逃回牛羊金帛都爲軍士收得

計斬首、百餘級奪下器械五百餘件救回男婦

二千餘八牛羊犬馬一千餘頭

炮起中堅虜騎驚、中原婦女各逃生

爲言將畧應無敵。莫向金州塞上行。

林遊擊殺散虜騎將南關嶺戰死軍士盡皆埋藏

仍帶領百姓回旅順安插不料到旅順時曾有功

先時聞得達子勢大不敢來打聽達子去了銷了

部下將奴兵丟下沒用器械都收了要報徹進趕

二十六回　七

應可以取勝不及一日只見達兵來了也不分個

伍也有攜囊的也有挈籠的驅率着些百姓婦

女哭啼啼相隨還趕着些牛羊犬馬已是關得

張善繼有兵來急急起行的到得南關嶺過嶺將

有一大半一聲炮響林茂春領兵殺出下得嶺的

已是沒命跑了遠遠兵隨勢殺下追趕將他擄掠

的子女貨物一壹下不曾上嶺的林茂春乘高

冲來當先的砍了幾個其餘擊子都亂跑都從傑

處扒出度嶺逃生那裡還顧得揹拍的人畜金帛。

12

識地利

一邊飛報毛帥毛帥卽檄曾有功張善繼督水兵
應援一邊差遊擊林茂春自龍王堂登岸斷他歸
路南北交攻林遊擊得令竟取路登陸直至南關
嶺只見地上橫有尸首殘血猶凝在草木上林茂
春不勝感傷着人打聽消息道奴兵已破旅順將
回此時林茂春便將部下分作兩支道達賊騎馬
只利平地不利山險如今分兵作二處伏于嶺側
但看他軍過一半便放火砲一支兵趕殺他下嶺
人馬一支兵攔住他上嶺人馬使他首尾不能相

二十六回　六

不能敵衆為他所害。

戰血急雨飛　　　　軍聲海濤涌

報國有同恐　　　　免不以同氣

達兵進了城道是洗城將老弱盡行屠戮就閨嬌女精壯男子著他搬馳擄掠之物將旅順擄個一空回軍把張都司向來竭力恢復竭力管守的竟方人與地俱喪了若使當日開河戌守或不至失陷也有之。

險失地俱失。　　　　人凸城亦凸

平胡有遺恨　　　　　亘直欲凌雲。

奴兵既搶了張都司知道旅順沒了主將就一齊

殺向旅順來此時旅順是張都司兄弟張國威把

守見百姓逃回說奴兵在南關嶺圍住張都司便

要起兵來救爭奈城中無兵到後敗兵逃回道張

都司被拿達兵將來勸他入島張國威道我弟兄

以身許國兄既被害我豈獨生督軍民上城守禦

軍民巳逃去一半及至奴兵來至折城而入張國

威獨當城壞處奮力砍殺也砍死許多達子終是

平胡象　　二十六回　　　五

9

銷桿張都司急拔短刀去砍。那夷將又已趕來搶

腰一把扯住張都司情急撒銷就把刀砍這夷將

時那達子又撲來一搣勢重得緊三個都跌下馬。

張都司還將刀亂砍夷將也帶了傷無奈身畔無

人達子衆多被他一擁拿了後來因不肯降被奴

兵支解而死可憐這張都司在鎮江車輦從毛帥

同甘苦歷有戰功又為朝廷恢復金復二州。今日

死于非命。

　　吾體可芫裂。　　吾身不可分。

報國苦無身　　誓賊徒有舌

悲風南嶺頭　　猶似聲凄咽

這趟張都司一條鎗神出鬼沒不是鎗尖挑人便
是鎗桿打人迎着的都紛紛落馬待要自嶺上冲
一條路且回旅順怎奈部下逃亡都盡達兵知他
是個將官越圍攔待望曾有功或者有兵可以救
又没得至勢甚孤危越發使起性來亂搠忽然一
夷將攔路就挺起鎗盡力一搠那夷將一閃搠了
個空正待再擧鎗時早被一個達子飛馬來扯住

二十六回　　四

換了被掛刀的刀鎗的鋒來殺達子遠些徵工的

百姓先一哄逃了朱張兩個率領部下在嶺上死

戰朱都司拒住嶺北張都司拒住嶺南爭奈手下

都不曾幇出戰的心又都道一喊驚壞了都不能

力戰早嶺上樹木中又鑽出許多達子把兩個人

隔散兩處朱都司道奴賊好好退兵饒你個死把

刀劈臉砍去再砍不開部下又已逃散眞是孤掌

難鳴待舉刀自刎他的刀遲達子刀來得快已被

砍死。

此是疎處

旅順、分付備了奋鋪之類曾有功先期在地方備

辨本石只見連日曾有功差一個人來道老爺擇

定廿三日寅時破土講爺早至張都司又約會了

朱昌國帶了歸順遼民并部下兵馬換糧版築之

類期于一簇便完一齊向南關嶺來道也只是敬

工、而求也、不、不多帶火器器械兩個將官也、是冠帶

一到問曾爺道還未曾來張都司道怎達樣慢事。

兩個便在嶺上蟄坐正商量工程規畫只聽得嶺

下四圍喊聲大振前後左右擺滿是鎗兵兩個慌

二十六回　　三

盤其餘將官也不怕他了密密差奸細緝訪要害

張盤。這邉張都司因河一時不能成待要另尋一

個險阻爲旅順的要害看得南関嶺這地方是一

個要路若這所在立了一関虜人不敢仰攻我兵

可以乘高而下會同長行島守將朱國昌三山島

守將曾有功相度在嶺上立関分兵屯守又計議

道地去金復不遠奴酋必竟要發兵來攬我這須

合兩島人來建造不一二日可成奴酋知道來爭

時我這関已完了討定在三月廿三日張都司回

憤戚有志
朱兒

中國反不
能如其處

鹽

渡何這方地大有一百三十里將來屯牧以養軍

士軍力足便可乘机渡河以次扼金復險要窺取

海蓋地方但掘河十里更築屯堡這工費也得數

萬一時未備止在那廂相度指點事不曾做得奴

酋奸細巳是報到遼陽奴酋與衆叛將計議道張

盤他根脚未定嘗時擾我金復地方如今旅順有

了城又有這大河隔斷他在裡邊屯田聚兵他嘗

將潛師擾我我不能嘗嘗防他莫說金復地方便

遼陽海蓋也不能安枕了這須用計除他除得張

二十六回　二

生自古誰無死留取丹心照汗青張都司鑒他膽

兵旅順東連皮島鐵山西接天津南受過着登萊

以長行島三山島為輔儼然是個雄鎮况且他有

胆有智故今日復金州明日復復州連虜來侵復

爲他敗去都是以寡敵衆他道這也是僥勝不是

常勝之畧要做一個步步戰守光景看得旅順形

如鵞項三面濱海獨北面一路與金復相通關不

過十里他意待將此十里捆成大河環以海水只

是四面皆海新捆河處立幾個屯堡阻虜騎不得

卷之六

第二十六回

建重關朱張死節　過歸虜茂春立功

雄心志遠圖　設險扼狂胡

春鎖怠勞止　干撤痛切膚

忠名垂宇宙　熱血洒平蕪

仗節恩張許　知君甚不殊

人生世間孰歸生寄那免得一死但為國而孰骨

碎而名完身往而名在這一死也不徒然所謂人

二十六回

一

遼海丹忠錄　卷六

『古本小說集成』72，上海古籍出版社，1990.

여기서부터 영인본을 인쇄한 부분입니다. 이 부분부터 보시기 바랍니다.

역주자 신해진(申海鎭)

경북 의성 출생
고려대학교 국어국문학과 및 동대학원 석·박사과정 졸업(문학박사)
전남대학교 제23회 용봉학술상(2019)
현재 전남대학교 인문대학 국어국문학과 교수
BK21플러스 지역어 기반 문화가치 창출 인재양성 사업단장
한국언어문학회 회장

저역서 『요해단충록(1)~(5)』(보고사, 2019)
　　　『무요부초건주이추왕고소략』(역락, 2018)
　　　『건주기정도기』(보고사, 2017)
　　　『심양왕환일기』(보고사, 2014)
　　　『심양사행일기』(보고사, 2013)
　　　이외 다수의 저역서와 논문

요해단충록 6 遼海丹忠錄 卷六

2019년 7월 30일 초판 1쇄 펴냄

지은이 육인룡
역주자 신해진
펴낸이 김흥국
펴낸곳 도서출판 보고사

책임편집 이경민
표지디자인 손정자

등록 1990년 12월 13일 제6-0429호
주소 경기도 파주시 회동길 337-15 보고사 2층
전화 031-955-9797(대표)
　　　02-922-5120~1(편집), 02-922-2246(영업)
팩스 02-922-6990
메일 kanapub3@naver.com/bogosabooks@naver.com
http://www.bogosabooks.co.kr

ISBN 979-11-5516-925-4
　　　979-11-5516-861-5 (set)
ⓒ 신해진, 2019

정가 17,000원